Mia voll verdoodelt

Krokodile lieben Fischstäbchen

Bibliografische Information der Deutschen Nationalbibliothek
Die Deutsche Nationalbibliothek verzeichnet diese Publikation in der Deutschen Nationalbibliografie; detaillierte bibliografische Daten sind im Internet über http://dnb.d-nb.de abrufbar.

MIX
Papier aus verantwortungsvollen Quellen
FSC® C014496
FSC
www.fsc.org

Titel der Originalausgabe: *Badly Drawn Beth. Life can be messy*
Die Originalausgabe ist 2015 bei Orchard Books, London, erschienen.

Text und Illustrationen: Knife & Packer
Übersetzung: Anne Braun
Umschlaggestaltung: Grafisches Atelier arsEdition unter Verwendung einer Illustration von Knife & Packer

ISBN 978-3-8458-1562-6

www.arsedition.de

KNIFE & PACKER

Mia voll verdoodelt

Krokodile lieben Fischstäbchen

Aus dem Englischen von Anne Braun

arsEdition

Hilfe! Ich bin von Krokodilen umzingelt, habe eine Aktentasche voller Fischstäbchen in der Hand und verstecke mich hinter einer Sumpfmonstermaske …

UND MISS PRIMULA IST GERADE DABEI, MEINE ELTERN ANZURUFEN !!!

Wie es dazu gekommen ist? Tja, da fangen wir am besten ganz von vorne an …

Mein Wecker KLINGELT …

Und KLINGELT …

Und **KLINGELT** …

Die Sommerferien sind definitiv **VORBEI!**

Und das bedeutet:

DIE SCHULE FÄNGT WIEDER AN.

Kaum bin ich wach, bricht mir der Angstschweiß aus! Dabei sollte ich aus dem Bett springen, fröhlich frühstücken und die ganze Welt umarmen. Aber ich bin total müde und frage mich nur eines:

WARUM?

WARUM?

WARUM?

Warum bin ich in den Ferien jeden Tag in aller Frühe putzmunter aus dem Bett gehüpft?

Ich bin fast geplatzt vor Energie. Hatte vor nichts Angst. (Außer vielleicht vor einem Troll mit Mundgeruch, okay.)

Doch jetzt, wo die Schule wieder anfängt, bin ich total müde, als der Wecker klingelt. Ich bin so kaputt, dass ich locker die nächsten drei Jahre weiterschlafen könnte!

WARUM?

Ich mag die Schule – dort habe ich Freunde, wir haben Spaß … aber leider gibt's da auch

CLARISSA MUSGROVE.

Von ihr erzähle ich später mehr – und glaubt mir, dann ist Schluss mit lustig.

„LA LA LA, KOMMET ALLE HERBEI, YEAH, GENIESST MEIN LIED UND EUER FRÜHSTÜCKSEIEI-EI!!!"

Doch bevor ich euch mehr von der Schule erzählen kann, muss ich euch diese grässlichen Misstöne im Hintergrund erklären. Nein, es ist keine kaputte Geige und es kratzt auch niemand mit den Fingernägeln über eine Tafel …

Es ist nur mein Dad. Er singt. Wer singt bereits am frühen Morgen? WER???

(Antwort: mein Dad.)

Mein Dad ist ein **MORGENMENSCH**.

Ja, er **LIEBT** den Morgen – je früher, desto besser für ihn –, und wenn er das Frühstück zubereitet, singt und tanzt er wie ein Bekloppter.

Ab und zu macht er eine kurze Pause und brüllt die Treppe rauf: „Aufstehen, Mia!" Dann singt er weiter.

Bevor ich nach unten gehe, will ich euch noch schnell Kritzel vorstellen: meine Maus. Sie knabbert und schnuppert an allem, wie Mäuse es halt so machen. Aber ich könnte WETTEN, dass sie noch viel mehr macht, wenn ich nicht da bin … zum Beispiel DJ spielen …

… oder eine Klinik für kranke Kakerlaken leiten.

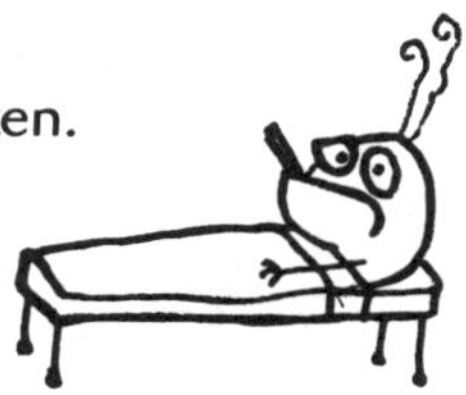

Mit das Tollste an Kritzel ist, dass meine große Schwester Mabel total Schiss vor ihr hat!

„MIA! Letzte Warnung!“, ruft Dad. „Kämm dich und komm runter! Du willst doch nicht zu spät zur Schule kommen, oder?“

Das mit dem Kämmen ist ein täglicher Kampf. Ich beiße die Zähne zusammen und fahre dann schnell mit dem Kamm durch meine Haare. Morgens sind sie immer so zerzaust, dass man glauben könnte, dass sich allerhand

SCHRÄGE

Dinge darin verstecken …

Wenn ich dann gekämmt und angezogen bin, wappne ich mich für das

GRAUEN!

Denn was ich euch gleich zeige, ist grusliger als der finsterste Dschungel …

… noch erschreckender, als einen Alien im Waschbeutel zu finden …

Denn es ist Zeit zum Frühstücken –

mit meiner Familie!

Stellt euch einfach eine HORDE AFFEN

vor …

… stellt euch dann noch ein paar wütende Nashörner vor,

dazu ein Gnu, das am Verhungern ist –

dann habt ihr ansatzweise eine Idee, wie

CHAOTISCH

es morgens bei uns zugeht …

Ihr wollt sie sicher kennenlernen, stimmt's? Also …

Fangen wir am besten mit **DAD** an alias Mike Orsen ... ihn habt ihr ja schon singen gehört. Er denkt, er sei mindestens zwanzig Jahre jünger, als er ist, und das ist megapeinlich. Früher hat er mal als Model gearbeitet, hauptsächlich für Strickwesten

(was noch peinlicher ist). Inzwischen arbeitet er aber für eine Firma für Bürobedarf (Musgrove International AG).

Gestatten: Penny Orsen, auch als **MUM** bekannt – sie ist Lehrerin (zum Glück an einer anderen Schule), und das ist cool, weil sie mir bei Projektarbeiten und bei den Hausaufgaben helfen kann. Weniger cool ist, dass sie …

FANATISH auf Regeln herumreitet.

Und hier meine große Schwester, **MABEL.**
Mabel nennt mich
STRICHMÄNNCHEN-Mia,
weil sie mal HEIMLICH mein Skizzenbuch durchgeblättert und meine Selbstporträts entdeckt hat. Dabei finde ich mich ganz hübsch auf meinen Bildern ...

Mabel ist eine echte **STREBERIN,**
sie hat fast nur **EINSEN,**
und von mir bekommt sie eine Eins plus im

NERVEN!

Schließlich noch mein kleiner Bruder, **BERTIE.**

Er sabbert und kleckert viel – und das war's auch schon.

So, das war meine Familie. Jetzt, wo ihr sie kennt, wundert ihr euch sicher nicht, dass Dad im Moment singt und tanzt, während er versucht, den Mixer zu reparieren, und dabei …

Mabel, die bestimmt schon seit sechs Stunden wach ist, macht noch ein paar Extra-Hausaufgaben.

Und Bertie schüttet mir Cornflakes in den Nacken …

HILFE!!

Zum Glück schreitet Mum dann ein und ich kann einigermaßen in Ruhe frühstücken.

„Pfannkuchen – magst du doch, Mia", sagt Mum und schüttet literweise leckeren Ahornsirup auf einen Riesenberg Pfannkuchen. „Also, Kinder, aufessen! Ich muss mich fertig machen ... und oh, ich muss auch noch die Kamera holen."

Denn immer am ersten Schultag jeden Jahres müssen wir uns alle aufstellen und Mum macht ein Foto für Oma. Ich wette, Oma hat die Nase voll von Fotos, auf denen wir so aussehen:

1. Verlegen
2. Gelangweilt
3. Sauer

(oder alles auf einmal)

Doch höflich, wie Oma ist, sagt sie natürlich nichts.
„Ihr seht alle TOLL aus", schwärmt Mum.
Ich kann nur an die klebrigen Cornflakes in meinem Nacken denken. Als Mum endlich mit den Fotos zufrieden ist, können wir zur Schule gehen.

Wisst ihr was? Ich darf schon allein zur Schule gehen, ohne kleinen Bruder und ohne große Schwester. Denn Bertie wird in den Kindergarten gebracht und meine Schwester nimmt den Bus (ich vermute, dass sie an der Bushaltestelle und im Bus auch noch lernt).

„Tschüs!", ruft Mum mir nach. „Und pass gut auf!" Ich gehe immer allein zur Schule – okay, die Schule ist gleich um die Ecke und ich bin nicht wirklich allein. Ich treffe mich an der Ecke mit Cordy. Cordy ist meine allerbeste Freundin und

IHR MÜSST SIE **UNBEDINGT** KENNENLERNEN.

Richtiger Name

CORDELIA MAVIS RUTLAND

Was sie mag:

1. Die Nacht
2. Schwarze Katzen
3. Spukhäuser
4. Die Farbe Schwarz
5. Erdbeer-Milchshakes
6. Die **Dusk-Light-Saga** und jede Serie, jedes Buch und jeden Film darüber – Werwölfe findet sie totaaal cool (besonders die Hauptfigur: Bobby Gothick).

Was sie nicht mag:

1. Ponys
2. Feen
3. Einhörner
4. (Wo wir schon beim Thema sind: Sie sagt, Märchenprinzessinnen in pinkfarbenen Rüschenkleidern, die von einem bösen Drachen, einem Troll oder ihrer Stiefmutter in einen Turm gesperrt wurden, sollen gefälligst dort bleiben.)

Hobbys/Talente:

Nachtfalter sammeln

12 verschiedene Schwarztöne kombinieren

Lieblingsausdruck:

„Wupp wupp."

(Sagt sie, wenn etwas so GAR NICHT wuppt.)

„Na, Cordy", sage ich, als wir zusammen zur Schule gehen. „Wie waren deine Sommerferien?"

„Schrecklich. Ich wurde zu einem Monster geschickt, das Hundewelpen frisst und mich in ein Verlies eingesperrt hat", sagt Cordy mit schaurig-leiser Stimme.

Dabei weiß ich, dass sie bei ihrer Tante Janine war, die am Meer lebt. Ihre Tante Janine ist echt nett, doch Cordy stellt alles immer etwas gruseliger dar, als es tatsächlich ist.

„Okay, ganz so schlimm war es nicht", gibt sie zu. „Wir waren viel schwimmen, haben Erdbeer-Milchshakes getrunken, und du errätst im Leben nicht, was ich im Kino gesehen habe ..."

„Ich weiß nicht – **Gespensterpopcorn vielleicht? Oder einen sprechenden Hotdog mit Armen und Beinen?**", sage ich.

„Sei nicht albern, es gibt kein Gespensterpopcorn", sagt Cordy und lacht. „Ich habe den Trailer zu – du wirst es nicht glauben – dem neuen **Dusk-Light-Film** gesehen!"

Die Dusk-Light-Saga ist absolute SPITZE! Es geht um Teenager, die Werwölfe sind – und es gibt Bücher und Zeitschriften und vieles mehr über sie ... Der Star des Films heißt

BOBBY GOTHICK

und er sieht einfach unbeschreiblich cool aus.

Bevor wir uns weiter über die Dusk-Light-Saga unterhalten können, kommt ein großes, protziges Auto angefahren und hält laut hupend neben uns an.

DIE MUSGROVES!

Tut mir leid, jetzt muss ich sie euch vorstellen:

CLARISSA HORTENSE MUSGROVE

Was sie liebt:

1. Shopping
2. Schuhe
3. Die Farbe Pink
4. In allem besser zu sein als andere

Was sie nicht liebt:

1. Kleine Leute, die in „kleinen Häusern" wohnen, besonders mich
2. Billige Restaurants
3. Billige Klamotten
4. Überhaupt alles, was billig ist

Hobbys/ Talente:

Sie hat ihre eigene **KIDDIE-KREDITKARTE** und könnte, wenn sie wollte, innerhalb von dreißig Sekunden ein mittelgroßes Geschäft leer kaufen.

Wenn sie auf einem **einsamen Berg** festsitzen würde, welche **drei Dinge** würde sie am meisten vermissen?

1. Ihre Kiddie-Kreditkarte
2. Einen Sushi-Koch
3. Einen Whirlpool mit Panoramablick

Clarissas Mutter fährt absichtlich langsamer, damit Clarissa uns etwas zurufen kann …

Clarissas Lachen erinnert ein wenig an das Wiehern eines aufgeregten Ponys.

„Habt ihr unsere Felgen schon gesehen?", kreischt sie weiter. „Dieser Wagen hat bla-bla, Turbo-noch-was, bla-bla, Einspritzmotor, bla-bla ..."

Mit Autos kenne ich mich nicht aus, deshalb verstehe ich nur:

Bla
bla
bla
bla
bla
bla
bla
bla
bla ...

„Wupp wupp. Laaaaangweilig", sagt Cordy und gähnt. „Komm, wir gehen weiter."

Tja, so ist Clarissa Musgrove. In Momenten wie diesem wünsche ich mir so sehr, ich wäre eine ...

Aber keine bucklige, alte Hexe, sondern eine spitzenmäßige Superhexe, frisch von der Hexenschule, bereit, endlich all ihr Wissen zum Einsatz zu bringen ...

Mit meinem neuen Diplom unter dem Arm und einer brandneuen Warze würde ich es Clarissa so richtig zeigen ...

Zuerst würde ich ihren blöden Wagen mit einem Zauberspruch in Haferbrei verwandeln – die klebrig-klumpige Sorte, die Großmütter kochen (meine jedenfalls).

Und wenn Clarissa denkt, es sei schon schlimm, mitten in einem Haferbreihaufen zu sitzen, dann wird sie sich noch wundern – denn als Nächstes würde ich diese widerlichen Stinkkäseflocken auf sie herabregnen lassen (die Sorte, die meine Eltern immer auf ihre Spaghetti schütten – IGITT!).

Und dann wird es NOCH lustiger: Ich würde einen Käse-Vollmond zaubern, und Kritzel (in meiner Schultasche versteckt) würde sich in WAS verwandeln? In eine ...

Werwolf-Maus!

In eine scheußliche, gefräßige, käseverrückte Monster-Maus, die zuerst das käsige Haferbreiauto auffrisst und dann an Clarissas Zehen knabbert, bis sie vor Kitzeln erst lachen und schließlich schreien muss.

... höre ich mich da rufen.

„Käsemonster? Was redest du da?", ruft Clarissa spöttisch und reißt mich damit aus meinem Tagtraum. „Ach, und übrigens, dein Rucksack gehört in einen

Trödelladen!"

(Okay, mein Schulrucksack ist ein wenig alt und vergammelt, aber nur jemand wie Clarissa würde das LAUT auf der Straße rufen.)

Also, das war Clarissa – sie ist in meiner Stadt, an meiner Schule, in meiner Klasse, doch das SCHLIMMSTE kommt erst noch!

Da mein Dad in der Firma ihres Vaters arbeitet, werden die Musgroves Ehrengäste bei der alljährlichen Grillparty sein, die meine Eltern demnächst veranstalten. Die Musgroves in MEINEM Haus –

HILFE!

Aber jetzt sind wir endlich in der Schule angekommen und ich kann Clarissa vergessen ... fürs Erste.
Wir stellen uns vor dem Klassenzimmer in einer Schlange auf und alle sind da:

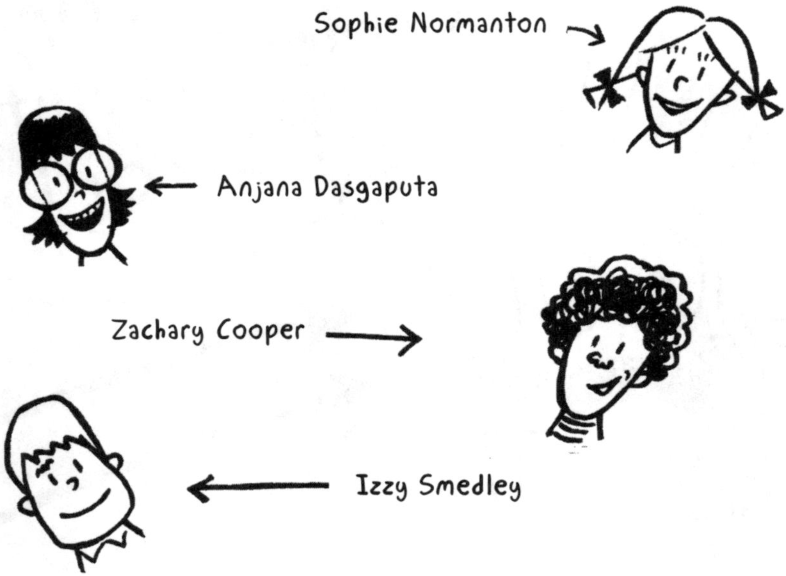

Doch bevor wir uns alle „Hallo" gesagt haben, ertönt plötzlich lautes Rasseln ...
Es ist unsere durchgeknallte Rektorin, **Ms Hailey.** Sie tänzelt mit ihren Maracas an uns vorbei, klatscht mit jedem ab und ruft: „Olé!"

„¿QUÉ PASA, AMIGOS???"

Obwohl sie ziemlich exzentrisch ist, mögen wir sie alle. Heute sieht sie wie eine Mexikanerin aus. Mal ehrlich: Welche Rektorin kommt schon am ersten Schultag mit einem mexikanischen Outfit an? Nun, es gibt die unterschiedlichsten Typen von Schulleitern, wie ich bereits festgestellt habe.

VERSCHIEDENE TYPEN VON SCHULLEITERN:

Die Trendigen:

Sie sind cool und locker mit Kindern – bäh! Wenn mein Dad Rektor wäre ... Nein, das will ich mir nicht mal vorstellen ...

Die Altmodischen:

Sie sind recht konservativ, kleiden sich gern in Beige. Und falls männlich, tragen sie gern Bart.

Die Vorsintflutlichen:

Sie sind im 19. Jahrhundert stecken geblieben und sie sind MEGA-STRENG!

Und dann gibt es noch Ms Hailey ...

Sie gehört zu den Lehrern, die jede Gelegenheit nutzen, um sich zu verkleiden ... wirklich **JEDE.**

Und heute – tja, da kommt sie als Mexikanerin, weil sie in Mexiko in Urlaub war!

Als die Schulglocke läutet, dürfen wir unser

BRANDNEUES

Klassenzimmer betreten ... und unsere

BRANDNEUE

Klassenlehrerin sehen! Wir wollen uns alle gerade auf unsere Wunschplätze stürzen, als eine grässlich schrille Stimme die Luft zerschneidet, wie ein scharfes Messer eine Geburtstagstorte.

„Es gibt einen SITZPLAN!", kreischt die Stimme. „Und mein Name ist Miss Primula."

Miss Primula ist unsere neue Klassenlehrerin. Wir merken schnell, dass sie zwar klein ist, aber so pedantisch, dass mit ihr NICHT zu spaßen ist. Und ihre STIMME lässt alle erstarren. „Ich habe jedem einen Platz zugeteilt", bellt Miss Primula und zeigt auf einen Plan an der Tafel.

Brav setzt sich jeder auf seinen zugeteilten Platz, und ich stelle fest:

ER IST OKAY ...

Ich sitze neben Anju und gegenüber von Zach.

... ABER AUCH NICHT OKAY.

Ich sitze nicht neben Cordy,
ABER ... immerhin sitzt Clarissa
ziemlich weit weg am Fenster.

„Nun zu euch …“, sagt Miss Primula.

Sie will, dass jeder von uns von seinen Sommerferien erzählt, und das bedeutet:

SICH VOR DIE KLASSE STELLEN UND REDEN.

Jeder muss eine ganze Minute lang reden. Das macht mir schon etwas Angst. Ich wünschte, ich bekäme urplötzlich eine geheimnisvolle Krankheit, damit ich nicht nach vorne muss.

Doch es nützt nichts: Mein Kopf ist noch ganz normal, weit und breit kein Riesenpilz. Miss Primula sagt, wir müssten auch ein Souvenir vorzeigen, das wir aus den Sommerferien mitgebracht haben.

„Ihr habt am Ende des letzten Schuljahres einen Brief bekommen", sagt sie. „Deshalb gehe ich davon aus, dass jeder von euch etwas dabeihat ..."

Einer nach dem anderen geht nach vorn und spricht. Ich gerate derweil immer mehr in PANIK …

Stimmt, da war ein Brief – doch den hat mein kleiner Bruder Bertie mit Erdbeermarmelade vollgekleckert. Hatte ich ganz vergessen – Mist! Der erste Schultag, eine brandneue Lehrerin und ich …

HABE KEIN SOUVENIR DABEI!

Während die Uhr tickt und tickt, erzählt Anjana …

Dann ist Izzy dran. Izzy hat alle Trophäen und Medaillen mitgebracht, die er diesen Sommer gewonnen hat.

Bald sind nur noch zwei Leute übrig –
Clarissa und **ICH** ...
„Gut gemacht, Leute – bisher hat sich jeder von euch an die Minute gehalten“, sagt Miss Primula. „Clarissa, ich bin gespannt zu hören, was du uns zu erzählen hast.“

Eine Minute ist, wie zu erwarten, natürlich VIEL zu wenig für Clarissa Musgrove (es sei denn, bei den Musgroves hätte eine Minute vier Millionen Sekunden). Und natürlich waren ihre Ferien …

DIE ALLERTOLLSTEN FERIEN AUF DER GANZEN WEITEN WELT!

Clarissa quasselt und quasselt. Und quasselt. Und

QUASSELT.

Aber heute stört es mich ausnahmsweise mal nicht, weil ich noch immer nicht weiß, was ich der Klasse zeigen kann. Ich höre nur mit halbem Ohr zu, als Clarissa erzählt, dass sie ...
eine Kreuzfahrt auf einer Luxusjacht gemacht hat ...
im GRÖSSTEN Einkaufszentrum der WELT war ...
in einem Tropenparadies geschnorchelt hat ...
und bei einem Schnecken-Ringkampf mitgemacht hat.*
UND NOCH TAUSEND
ANDERE SACHEN MEHR.

* Okay, das mit dem Schnecken-Ringkampf habe ich erfunden.

Doch Miss Primula schneidet Clarissa das Wort ab, als sie ihr Souvenir hochhebt, eine schickimicki Handtasche. Ich hätte mir gewünscht, Clarissa würde EWIG weiterreden, denn ich bin

DIE NÄCHSTE.

„Clarissa, es klingt toll und dein Souvenir sieht, ähm, sehr beeindruckend aus", sagt Miss Primula.

Clarissa setzt sich und dann bin ich an der Reihe. Die ganze Klasse starrt mich an. Zum Glück habe ich plötzlich eine Idee ... Ich habe zwar kein Souvenir, doch ich habe wenigstens eine Geschichte.

Ich blicke auf und alle sehen mich interessiert an (abgesehen von Clarissa, die ihre Handtasche poliert). Ich hole tief Luft und fahre fort.

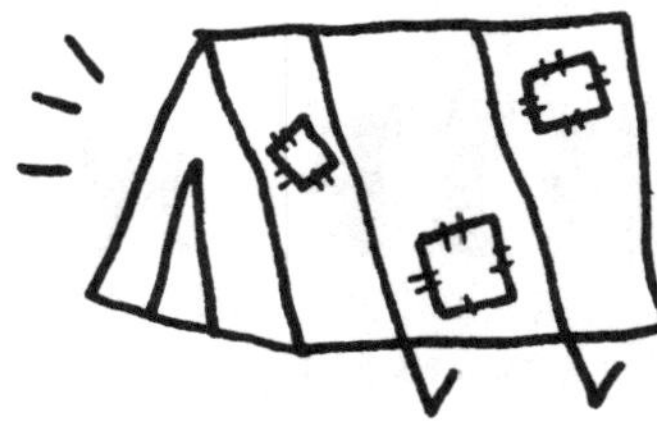

Ich erzähle von der Nacht im Zelt …
Dass mein Dad immer behauptet, er sei ein „Naturbursche" – also ein Fachmann in Sachen Camping und Überleben in der Wildnis (er musste dann aber schnell wieder ins Haus, weil ihm sein „böses Knie" zu schaffen machte).

Dass wir Würstchen gegrillt haben (okay, wir haben's versucht, doch es war etwas zu feucht, sodass Mum sie im Haus gegrillt hat).

DANN KOMME ICH ZUM AUFREGENDEN TEIL:

Als wir schließlich in unsere Schlafsäcke gekuschelt versuchten zu schlafen, merkten wir, dass es ein kleines Problem gab: MOSKITOS, und zwar viele! Bertie und Mabel haben sich ins Haus geflüchtet. Nur ich hielt tapfer aus.

Das war zumindest MEINE Sicht der Dinge – ich glaube, die Moskitos sahen es eher so:

Im Sommer ist die Welt für Moskitos ein riesiges Buffet ... jeder Mensch ist ein wandelnder Leckerbissen.

Hier seht ihr Esmeralda und Stan, die Moskitos, die in Mias Garten leben.

Und als Mia, Mabel und Bertie im Zelt schlafen wollten, was haben Esmeralda und Stan da gesehen?

Sie haben nicht zwei Mädchen und ihren kleinen Bruder gesehen – sondern einen großen Burger, einen Burrito und einen kleinen, aber sehr zarten Muffin.

Unglücklicherweise sind der Burger und der Muffin sehr schnell abgehauen …

Übrig blieb nur der Burrito, und der war LECKER! Esmerelda und Stan konnten nicht genug bekommen!

„Sie haben mich praktisch aufgefressen", sage ich hastig und schiele auf Miss Primulas Uhr.

„Noch zehn Sekunden, Mia!", sagt Miss Primula warnend. „Du hast gerade noch Zeit, uns dein Souvenir zu zeigen ..."
Da fällt mir ein, dass ich ja DOCH ein Souvenir dabeihabe.
„Moment", sage ich und ziehe meine Strümpfe nach unten.
„Meine Sammlung an Moskitostichen – live und in 3D!"
Die ganze Klasse schnappt beim Anblick meines Beins nach Luft.

„Das ist ja **EKLIG!**“, kreischt Clarissa und versteckt sich hinter ihrer sehr teuren und sehr GROSSEN italienischen Lederhandtasche. „Das sieht richtig ansteckend aus – ich glaube, Mia muss SOFORT in Quarantäne!“

„Ähm, gratuliere, Mia“, sagt Miss Primula leicht verstört. „Und da du offenbar ein Händchen für Tiere hast ... bist DU die Erste, die sich um unser neues Klassentier kümmern darf. Nur für ein paar Wochen. Und keine Sorge – ihr werdet euch sicher gut verstehen.“

Eine RIESENaufregung bricht aus. Ein Klassentier – was es wohl ist? Miss Primula holt einen Glaskasten unter ihrem Schreibtisch hervor.

„Es handelt sich um eine Bartagame. Und wie die meisten Reptilien lebt Edgar in einem VIVARIUM."
„Ha ha, wieher, ha!", johlt Clarissa und grinst mich hämisch an. „Ein MONSTER! Viel Spaß damit!"

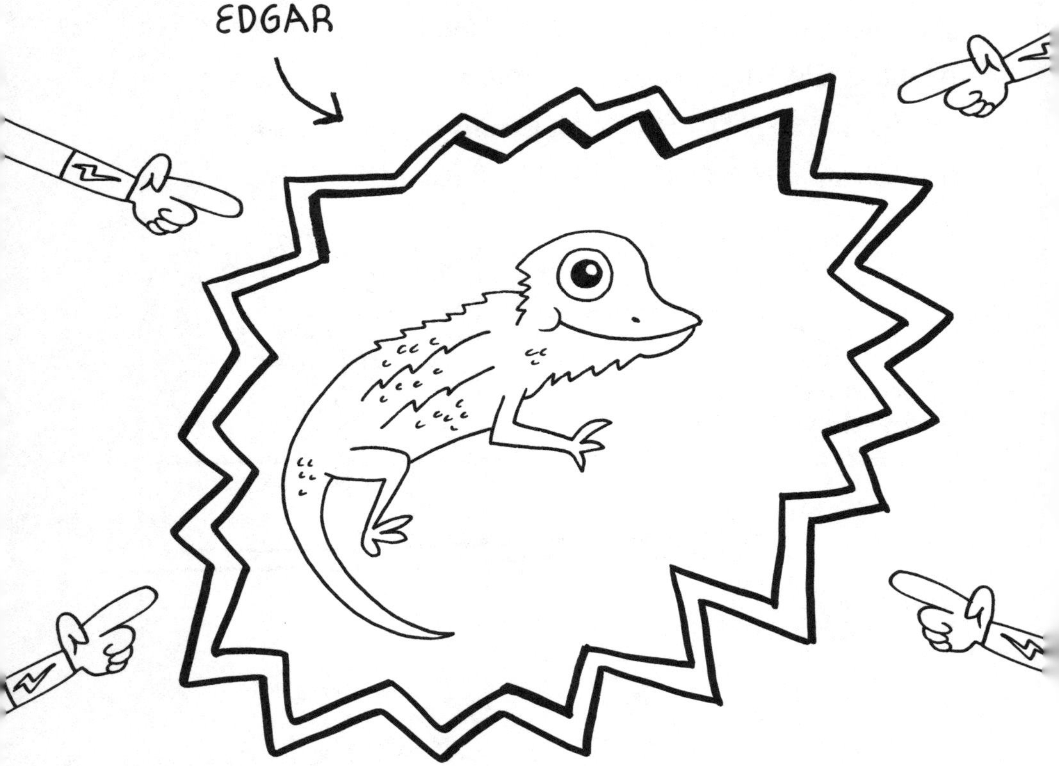

Ich weiß nicht, was ich sagen soll – ich hatte noch nie eine Echse in Pflege.

„Ich gebe dir etwas Reptilienfutter und genaue Anweisungen, Mia", sagt Miss Primula und wendet sich dann wieder an die ganze Klasse. Wir werden uns die ersten drei Monate mit dem Thema NATUR beschäftigen. Und zur Schulversammlung kommt ein ganz besonderer Gast, aber das soll eine Überraschung sein."

Mum muss mich von der Schule abholen, damit ich Edgar und sein Vivarium heil nach Hause bringen kann. Mum weiß nicht recht, was sie von diesem neuen Hausgast halten soll.
Der erste Tag des neuen Schuljahrs ist offiziell VORBEI …

BIN ICH FROH!

Ich muss Edgar in sein neues Heim bringen – MEIN ZIMMER!
Kritzel wirkt wenig begeistert.

„Mia, Abendessen!“, ruft Mum.

Beim Runtergehen stelle ich mir vor, wie Edgar und Kritzel oben in meinem Zimmer Spaß miteinander haben.

Aber ehrlich gesagt bin ich schon froh, wenn sie sich nicht streiten.

In der Schule gibt es ein paar Tage später eine

SONDERVERSAMMLUNG,

und wie ihr euch vorstellen könnt, herrscht auf dem Pausenhof große Aufregung.

„Ich glaube, Miss Primula ist auf die dunkle Seite übergelaufen“, sagt Cordy und runzelt die Stirn.
„Ms Hailey hält diese Versammlung ab, um herauszufinden, ob noch andere Lehrer Vampire geworden sind …“

„Ich glaube eher, dass es etwas mit der Baustelle hinter dem Hauptgebäude zu tun hat“, meint Zachary Cooper.

Das klingt wahrscheinlicher, wenn auch viel

LANGWEILIGER

als Cordys Theorie.

„Vielleicht gibt es bald neue Sportwettkämpfe!“, sagt Izzy Smedley, der total Football-verrückt ist.

Alle sitzen in der Aula klassenweise zusammen, und als Ms Hailey auf die Bühne hüpft, setzt aufgeregtes Getuschel ein. Sie trägt einen SAFARIANZUG und einen SAFARIHUT.

Und als sie ihre „wichtigen Ankündigungen" macht, über Sachen wie, wo wir unsere Sportsachen aufbewahren sollen oder dass wir pünktlich zu den Arbeitsgruppen kommen müssen, gehen meine Gedanken auf Wanderschaft ...

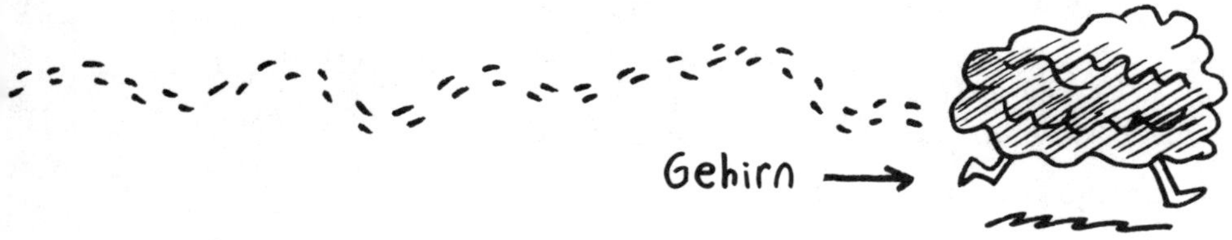

Ms Hailey als altmodische Forschungsreisende verkleidet – jetzt wird mir alles klar ...

Vielleicht hält sie einen

WASSERBÜFFEL

in ihrem Büro – deshalb trauen sich auch so wenige Leute zu ihr …

Und im Handschuhfach ihres Autos hat sie mit großer Wahrscheinlichkeit eine

PYTHONSCHLANGE

versteckt – deshalb nimmt sie fast nie jemanden mit …

Und zu Hause in ihrem Badezimmer wohnt vermutlich ein

WARZENSCHWEIN!

Ich erwache aus meinem Tagtraum, als Ms Hailey verkündet, wir hätten heute einen ganz besonderen Gast. Sie hat schon öfter Gäste eingeladen ...

Einmal einen Feuerschlucker, mit dem sie befreundet war und der das Lehrerzimmer in Brand gesteckt hat ...

Dann einen Discjockey, der mit ihr im College war und der das Lautsprechersystem der Schule kaputt gemacht hat ...

Und auch ihren Nachbarn, ein Frisör, der unserem Hausmeister (Reginald Mavers) einen haarsträubenden Haarschnitt verpasst hat ...

„Unser heutiger Gast arbeitet seit vielen Jahren mit wild lebenden Tieren", erklärt Ms Hailey. „Und er hat euch etwas sehr Aufregendes zu erzählen."

Während Ms Hailey ihre kurze Ansprache hält, werden mehrere Kartons und Kisten hinter ihr abgestellt. Darin scharrt und schnüffelt es – oh, es wird wirklich AUFREGEND! Unsere Klasse tuschelt aufgeregt. Was für Tiere können das sein? Dann endlich ist auf der Bühne alles vorbereitet ...

„Bitte begrüßt Giles Goddard!", ruft Ms Hailey. „Safaripark-Besitzer und DOMPTEUR VON GEFÄHRLICHEN WILDEN TIEREN!"

Giles Goddard, dem Goddards Welt der Wilden Tiere gehört – der superaufregende Safaripark in unserer Stadt –, hier in unserer Schule?

Das ist HAM-MER!

Wir Schüler FLIPPEN AUS!

Giles Goddard betritt die Bühne. Wir können es kaum erwarten, bis er uns zeigt, was er mitgebracht hat!

Mit dramatischen Bewegungen öffnet Mr Goddard die Kisten auf der Bühne, eine nach der anderen. Ich kann es noch kaum glauben, dass wir gleich hochgefährliche wilde Tiere zu sehen bekommen!

Doch mit jeder Kiste, die er öffnet, werden unsere Gesichter länger.

„Seht her!
Ein Chinesischer
Zwerghamster!"

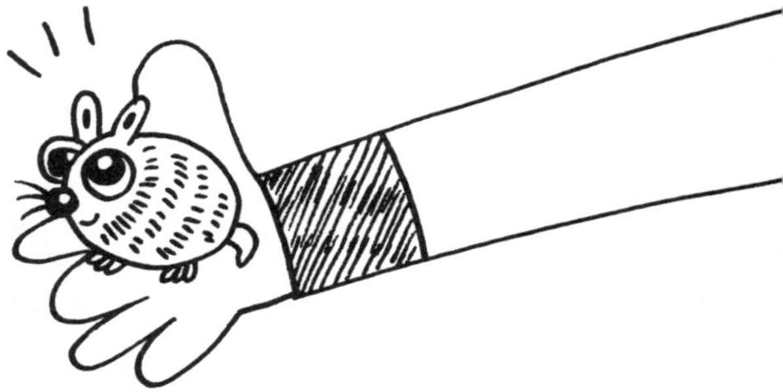

„Und hier Io, das Peruanische Meerschweinchen!"

Aus dem Publikum
kommt ein lautes

STÖHNEN.

„Okay, okay, tut mir leid, aber an Schulen geht Sicherheit vor", murmelt Mr Goddard entschuldigend. „Meine kleinen Freunde hier stehen in der Nahrungskette meines Safariparks natürlich weit unten. Leider darf man in Schulen keine Löwen und Tiger mehr vorführen. Aber schaut: Ich habe noch eine LETZTE ÜBERRASCHUNG ..."

Endlich steht er an der letzten Kiste ... Da ist bestimmt was ECHT AUFREGENDES drin. Die Lichter werden gedimmt, Giles Goddard klemmt sich eine Taschenlampe unters Kinn, um die Spannung noch zu erhöhen, und senkt die Stimme ...

„Seht her!", ruft er und öffnet die Kiste. Doch die ist LEER. „Jemima – sie ist ausgerissen!", schreit der Safaripark-König entsetzt. „Ein NOTFALL!"

In der Aula bricht Panik aus, und wir schauen alle über die Schultern, an unsere Füße und unter unsere Pullis, um zu sehen, wo sich die Bestie versteckt hat ...

„Was ist Jemima?", kreischt Ms Hailey und springt auf ihren Stuhl. „Ein gefährliches Tier, vor dem man sich in Acht nehmen muss?"

„Eine Afrikanische RIESEN-schnecke", erklärt Mr Goddard. „Verfolgen wir ihre Schleimspur!"

Jemima wird schnell gefunden. Sie hat es sich auf der Lunchbox von Mr Furble (Turnlehrer) gemütlich gemacht.

„Der Safaripark organisiert einen WETTBEWERB", verkündet Mr Giles Goddard, sobald wieder Ruhe eingekehrt ist. „Alle Schulen im Land dürfen teilnehmen. Es geht darum, wer die schönste Menagerie von Modelltieren BASTELT. Ihr könnt alle Materialien verwenden, die ihr wollt. Und eurer Fantasie sind keine Grenzen gesetzt!"

„Und was gibt es zu gewinnen?", will Ms Hailey wissen.

„Die Sieger-Klasse, die, die aus den interessantesten Materialien die interessantesten Tiere gebastelt hat, gewinnt einen Besuch in meinem Safaripark! Und glaubt mir – die Tiere, die ihr dort zu sehen bekommt, sind

SPEKTAKULÄR ...!"

Alle klatschen, ich natürlich auch. Ich finde es toll, was er gerade gesagt hat ... das mit dem Besuch in seinem Safaripark (in dem ich noch nie war) und auch das mit dem Wettbewerb ...

Was mir nicht so gefällt, ist der Teil mit dem

BASTELN.

Basteln ist nicht so mein Ding. Ich habe im Kunstunterricht schon einige KATASTROPHEN produziert:

Meine Azteken-Pyramide, gebaut aus Klopapierrollen und einem Dutzend Lutscherstäbchen, sah eher wie eine archäologische Ruine aus und ist prompt zusammengekracht.

Und mein Modell vom Regenwald sah aus, als wäre ein Tornado durchgebraust. Es musste zu einem Katastrophengebiet aus Pappe erklärt werden.

Das dürfte als Erklärung reichen, oder?

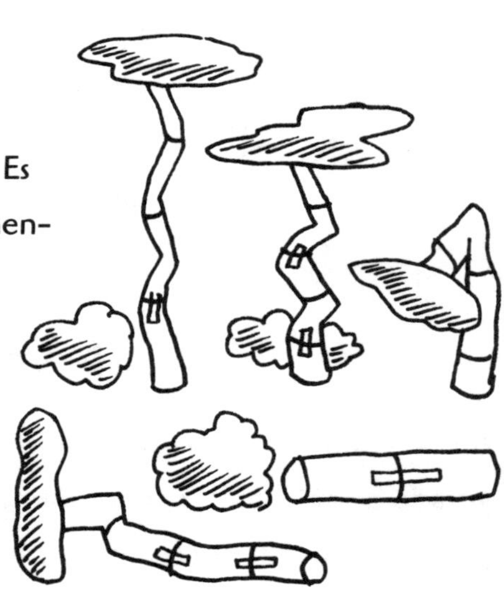

Edgar ist nun schon ein paar Wochen bei mir und es läuft ganz gut. Solange er genug zu futtern und zu trinken bekommt, macht er absolut keinen Ärger.

Okay, was er futtert, ist etwas – nee, **ZIEMLICH** – eklig, aber davon später mehr …

Als Edgar gerade tüchtig reinhaut, läutet es an der Tür – es ist Cordy.

Wir wollen heute zusammen unser Modelltier basteln. Leider ist Cordy im Basteln noch UNBEGABTER als ich.

„Die TOTALE KATASTROPHE!“, stöhnt Cordy und lässt sich auf mein Bett fallen.

„Ich dachte, du bringst eine Vampirfledermaus mit, die du aus alten Schuhen gebastelt hast“, sage ich.

„Ich habe sie auch dabei, in meiner Tasche“, erklärt Cordy. Da bemerkt sie etwas. „Hey, was ist das?“

Sie deutet auf meinen Rucksack. Der ist inzwischen so rampo-niert, dass er ernsthaft

PEINLICH

aussieht.

Um Cordy abzulenken, schnappe ich mir die Plastiktüte, die sie mitgebracht hat.

Ich drehe die Tüte um, und was fällt heraus? Ein EINZELNER SCHWARZER TURNSCHUH. Cordy hat noch nicht mal die Flügel angeklebt!

„Ist wohl noch nicht ganz fertig!", sage ich taktvoll.

„Ha, noch nicht ganz fertig? Das kostet mich noch UNGEFÄHR HUNDERT JAHRE Arbeit", stöhnt Cordy. „Meine Eltern WEIGERN sich, mir zu helfen!"

Bei den meisten unserer Mitschüler helfen die Eltern beim Basteln mit, doch unsere Eltern sind in der Beziehung total UNBRAUCHBAR.

„Was ist mit dem Papagei?“, erkundigt sich Cordy.

Ich bastle zurzeit einen Papagei für meine Oma – aus Pappmaché. Im Moment sieht mein Modell aber noch eher wie eine Pyramide aus.

„Wir brauchen **Hilfe!**“,

beschließt Cordy.

Wir versuchen kurz, unsere Tiere zu verbessern, merken aber schnell, dass Basteln einfach nicht unser Ding ist und dass wir lieber etwas sehr viel Wichtigeres tun sollten ...

... etwas Lebenswichtiges sogar. Wir müssen dringend ...

CHILLEN!

Chillen bedeutet quasseln, Pläne schmieden und noch mal quasseln.

„Erinnerst du dich an den Trailer, den ich in den Ferien im Kino gesehen habe? Zum NEUEN DUSK-LIGHT-Film?“, sagt Cordy und strahlt mich an. „Er läuft bald hier im Kino! Und was noch toller ist …“

„Noch toller?

Was könnte **NOCH TOLLER** sein?“, staune ich.

„Pass auf!“, keucht Cordy. „Es gibt Gerüchte, dass BOBBY GOTHICK zur PREMIERE kommt!“

Falls ihr die Bücher zu dieser Serie nicht gelesen habt, hier eine superkurze Einführung zur Dusk-Light-Saga …

Mias superkurze Einführung zur Dusk-Light-Saga

In einer Stadt irgendwo in Amerika gibt es eine Gruppe von normalen Kids, die ganz normale Sachen machen und in eine ganz normale Schule gehen …

Unter ihnen ist Brad Laverne (wow!)– ein echt netter Junge – und seine beste Freundin Kim Mangiani, eine Cheerleaderin.

Eines Tages taucht ein geheimnisvoller Junge an ihrer Schule auf, DeShaun Matrice (gespielt von Bobby Gothick – DOPPEL-WOW!).

Die drei sind aber keine normalen Menschen (das ist ja der Gag!)– sie sind KEIN BISSCHEN NORMAL.

Denn in Wirklichkeit sind sie WERWÖLFE!

Und bei Vollmond schleichen sie sich aus ihrem ganz normalen Heim und machen als Werwölfe die Gegend unsicher.

Sind Brad und Kim auch noch beste Freunde, wenn sie PELZIG sind? Kann die Liebe erblühen, wenn DeShauns ZÄHNE ganz spitz und SCHARF werden? Und kann man aus einem Hundenapf trinken, ohne groß zu schlabbern?

„In der letzten Ausgabe meines Dusk-Light-Magazins gab's als Beilage ZWEI Masken", sagt eine superaufgeregte Cordy und reicht mir eine davon. „Ich trage meine DIE GANZE ZEIT mit mir herum. Und als meine beste Freundin bekommst DU natürlich die zweite ..."

„DANKE, CORDY! In dem neuen Film geht es also um ein Sumpfmonster?" Tief beeindruckt ziehe ich mir die Maske an.

Wir beschließen, dass es sicher lustig wäre, meine Eltern mit den Masken zu erschrecken. Sie sind beide HOCH KONZENTRIERT am Arbeiten.

Man merkt es gleich, wenn meine Eltern hoch konzentriert sind – Mum hat dann immer den Mund halb offen und mein Dad lässt die Zunge heraushängen.

„Okay, los geht's!", flüstere ich Cordy zu.

Mit einem Satz bauen wir uns vor meinen Eltern auf ...

mit **GRÄSSLICHEM GESCHREI**

und **WÜSTEN MONSTERLAUTEN!**

UND ... Keine Reaktion.

Mum murmelt etwas wie „Oh, hübsch, Kinder“, blickt aber nicht mal auf. Ich merke, dass sie ziemlich in Panik sind. Sie denken nur an ihre Vorbereitungen ...

„Was ist mit ihnen los?“, fragt Cordy. „Wurden sie in Zombies verwandelt?“

Da fällt es mir wieder ein.

„Schlimmer!“, sage ich. „Unsere alljährliche Grillparty steht vor der Tür! Wir haben massenhaft Gäste – darunter auch ... die Musgroves!“

Ich glaube, ich sollte erklären, dass zu UNSERER Grillparty wichtige Leute kommen, wie zum Beispiel ...

... DIE MUSGROVES

(genau, DIE Musgroves).

Eine kurze Einführung in die Beziehung zwischen meiner Familie (den Orsens) und den Musgroves:

Vor vielen, vielen Jahren gingen meine Eltern auf dieselbe Schule wie die Musgroves, die damals natürlich noch nicht „die Musgroves" waren, sondern einfach nur Donny und Muriel ... und meine Eltern waren noch nicht „die Orsens", sondern Mike und Penny.

Damals waren Donny und Muriel offenbar noch ganz nett, sonst wären meine Eltern ja nicht mit ihnen befreundet gewesen.

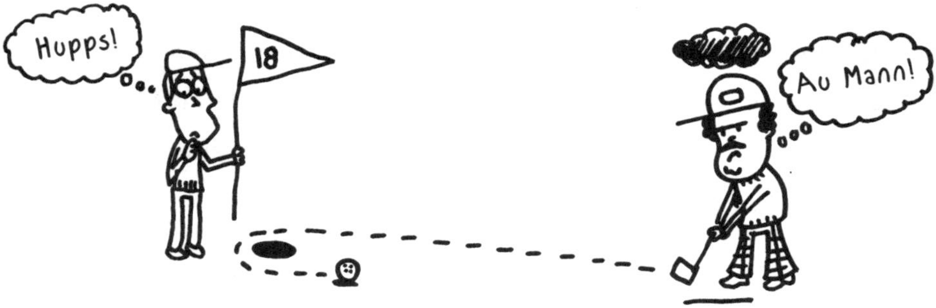

Aber dann hat Donny Musgrove beim Golfspielen gegen meinen Dad verloren – und mein Dad fing an, in seiner Firma zu arbeiten: der Musgrove International AG.

Und Muriel Musgrove, einst die beste Freundin meiner Mutter, hat einen lokalen Schönheitswettbewerb gewonnen. Von da an dachte sie, sie würde ein INTERNATIONALER Star werden, und gab all ihren „popeligen" Freunden vor Ort den Laufpass, auch meiner Mum …

Und als sie merkte, dass sie doch kein Star wurde, hat sie Donny geheiratet, und seither sind sie eben DIE MUSGROVES …

Glaubt ja nicht, bei unserer alljährlichen Grillparty handelt es sich um ein gemütliches Beisammensein mit Freunden und Bekannten – OH NEIN ... es geht darum, dass meine Eltern bei den Musgroves EINDRUCK SCHINDEN wollen (was aber NIE klappt).

„Ah, Mia und Cordy", sagt Mum und blickt endlich vom Besteck auf. „Wollt ihr mir nicht helfen? Es gibt so viel zu tun ..."

„Hat eine von euch Lust zum SCHRUBBEN?", fragt Dad.

Wir beschließen blitzschnell, dass unser Bastelprojekt doch wichtig ist, und ergreifen die Flucht.

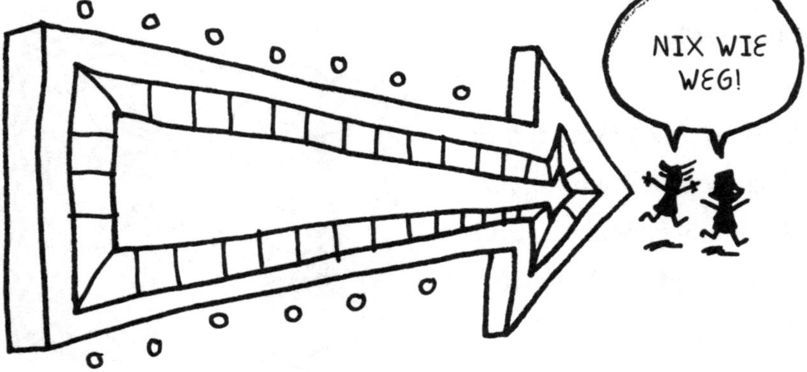

Am nächsten Morgen stelle ich fest, dass meine Schultasche doch langsam ein PROBLEM ist (oder, wie mein Dad sagen würde: „EIN PROBLEMO"). Jetzt kann sie wirklich nicht mehr repariert werden.

Doch mein Dad eilt mir zu Hilfe.

„Hier, nimm!", sagt er und hält mir eine Tasche vor die Nase, die so **GRAUENHAFT** vergammelt aussieht, dass ich sie euch lieber nicht zeigen würde.

An diesem Tag **REDEN ALLE NUR ÜBER EINES.**

Anjana Dasgaputa, ein NATURTALENT in Kunst (fühlt sich immer an, als würde sie mogeln) bastelt aus einem Müslikarton eine Pavian-Familie ...

Sophies Eltern sind beide KUNSTLEHRER, und ich würde wetten, dass sie ihr heimlich helfen. Aus Streichhölzern Stabheuschrecken basteln klingt supertoll!

Wir unterhalten uns bestens, bis Clarissa ankommt – großkotzig wie immer.

Ich vermute, sie lässt sich ihr Tier von einem Team von Ingenieuren aus der Firma ihres Vaters entwerfen. Würde mich nicht wundern, wenn sie eine große Halle hätte, in der ein Heer von

ROBOTERN

ihr Modell baut!

Sie will gerade einen Kommentar abgeben, als zum Glück die Schulglocke läutet.

Als wir im Klassenzimmer sitzen, muss Miss Primula ihren

KOMMANDOTON

anschlagen, damit Ruhe einkehrt.

„ALLE HERHÖREN!", bellt sie. „Ich habe eine sehr aufregende Nachricht." Sie lächelt. „Wie ihr bestimmt wisst, gibt es hinter der Schule eine Baustelle ... Und wir dürfen dieses Areal als erste Klasse besichtigen."

Es gab tatsächlich mehrere Gerüchte, was dort hinter dem Bauzaun abgeht – und Gegengerüchte.

Ich vermute aber eher:

1. Es wird ein geheimer Bunker, in dem Ms Hailey ihre vielen Klamotten aufbewahrt, oder ...

2. ... die Zentrale einer internationalen Geheimdienstorganisation unter der Leitung unseres Hausmeisters – Reginald Mavers.

Damit lag ich aber schwer daneben ...

„EIN TEICH!“, erklärt Miss Primula triumphierend, als wir bei der Baustelle ankommen. „Oh ja, unsere Schule hat jetzt einen eigenen Teich!“

Miss Primula hofft, dass sich bald ein paar Tierchen ansiedeln, die uns beim Basteln unserer Modelle inspirieren.

Das Problem mit Teichen ist allerdings, dass da meist nicht viel los ist.

„Ich sehe nur Wasser", brummt Zachary Cooper.

„Und ich nur Grashalme", ergänzt Izzy Smedley.

Sie haben recht – davon abgesehen ist hier nur ein dickes, fettes

NICHTS.

Doch dann erblicke ich etwas: EIN TIER schwimmt im Wasser. Es ist glitschig, gruselig und es LEBT!

„Eine Schlange!",

schreie ich. „Da ist ..."

„Eine Bonbontüte", sagt Miss Primula und will das Ding mit einem Kescher aus dem Wasser fischen.

Doch als sie nach unten blickt, macht es PLATSCH. Ihre Brille ist ins Wasser gefallen!

„Sie geht unter!“, kreischt sie.
„Hilfe, ich kann nichts sehen!“

Ich würde wetten, dass ich etwas Grünes aufblitzen sehe – in dem neuen Teich gibt es doch TIERE.

Vielleicht hat sich EIN **MOLCH** DIE BRILLE GESCHNAPPT …

Und es gibt nicht nur EINEN langweiligen Molch ...

... sondern unten am Grund ein ganzes **KÖNIGREICH DER MOLCHE ...**

In den Tiefen des Gewässers gehen die erwachsenen Molche ihrem normalen Alltag nach. Sie pendeln in die

Molch-City ...

Die Molchkinder gehen in die **Molchschule** – wo sie alles lernen, was für Molchkinder wichtig ist, zum Beispiel das Molch-Alphabet und Molchrechnen.

Und im Herzen des Molchreichs steht der

Molchpalast –

ein prachtvolles Gebäude aus Kieselsteinen und Schutt.

In Zentrum des Palasts befindet sich der Thronsaal – streng bewacht von gefährlichen Froschsoldaten und Kaulquappen …

Und wenn man durch das Schlüsselloch einen Blick in den geheimsten Raum im ganzen Molchreich werfen könnte, würde man den Molchkönig und die Molchkönigin sehen – auf einem eleganten Thron, der sich bei genauerem Hinsehen als Miss Primulas Brille entpuppt!

„Hey, meine Lehrerin will ihre Brille zurück, ihr schleimigen Molche!“, rufe ich.
Zeit für mich, mich in SARDINEN-GIRL zu verwandeln: halb Mädchen, halb Sardine, eine wahre Unterwasser-Actionheldin!

Als SARDINEN-GIRL
kann ich unter Wasser atmen!

„Mia! WAS SOLL DAS?!“, ruft Miss Primula mit ihrer SCHRECKLICHSTEN STIMME.

Meine Lehrerin reißt mich aus meinem Tagtraum – als ich gerade in den Teich springen will!

In diesem Moment kommt unser Hausmeister an.

„Sie sind mein Held, Mr Mavers!" Miss Primula strahlt ihn an. Der Hausmeister rollt die Ärmel hoch.

„Schlammige Sache, aber jemand muss es ja machen", brummt er und fischt etliche Büschel Gras und schleimige Sachen aus dem Wasser. Schließlich findet er auch die Brille.

Nach der Schule

gehen Cordy und ich noch kurz auf den Spielplatz. Wie immer haben wir uns viel zu ERZÄHLEN.

„Wenn ich das nächste Mal so viel Wasser sehe, dann ist es hoffentlich der SEE im Dusk-Light-Film“, sagt Cordy.

„Ich habe echt gedacht, da drin sei eine Schlange“, murmele ich.

Cordy verstummt abrupt und reißt die Augen auf.
Sie hat etwas ganz, ganz

SCHEUSSLICHES

gesehen!

Oh nein! Meine **NEUE SCHULTASCHE!** Ich hatte gehofft, sie würde keinem auffallen, weil … na ja, sie ist nun wirklich ziemlich scheußlich …

„Deine Tasche, sie ist … ist …“, stammelt Cordy ungläubig.

„Es ist eine Aktentasche“, sage ich und halte das Ding widerwillig hoch. Es ist Dads alte, schäbige Aktentasche.

„Wo um alles in der Welt hast du DIE her?“, fragt Cordy. Ich muss ihr wohl oder übel die ganze Geschichte erzählen …

Sie weiß, wie sehr ich an meinem alten Rucksack hing. Als ich ihn damals einsam und allein in einem Schaufenster liegen sah, beschloss ich spontan, ihn mit nach Hause zu nehmen.

Gemeinsam sind wir durch dick und dünn gegangen. Er war immer für mich da und hat sich nie beschwert, wenn ich ihn mit Büchern und stinkenden Turnsachen vollstopfte.

(SCHNIEF!)

Aber irgendwann konnte ich ihn nicht mehr flicken, und deshalb musste ich ihn **(DOPPEL-SCHNIEF!)** aus dem Verkehr ziehen.

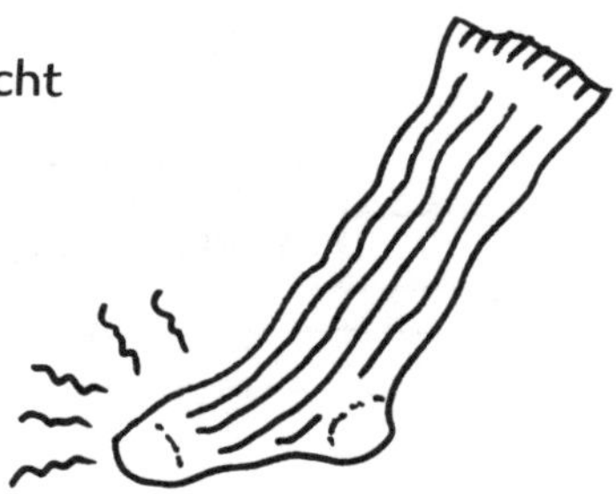

„Mir kommen gleich die Tränen", sagt Cory und es klingt überhaupt nicht mitfühlend. „Hey, wir reden von einem RUCKSACK. Und wo hast du dieses neue Ding her?"

Ich erkläre ihr, dass ich die Aktentasche meinem Dad zu verdanken habe. Im Laufe seines Jobs bei Musgrove International hat er sich eine Menge Aktentaschen zugelegt (mit kleineren Mängeln).

„Ich habe sie mir nur ÜBERGANGSWEISE von meinem Dad ausgeliehen", stelle ich klar. „Sobald wir in die Stadt kommen, kriege ich einen neuen Rucksack."

Das Problem ist, dass es viel zu viele verschiedene Modelle gibt.

MIAS SCHULRANZEN-FÜHRER

1. Die Star-Tasche.

Sie kommt schnell wieder aus der Mode. Wer kennt heute noch eine Boyband namens „Mr. Cool"? Richtig. Und Kinderstar Mark MacMurphy sagt vermutlich auch niemandem mehr etwas, oder?

2. Der Rucksack mit Kindermotiv

Kann ins Kitschige abrutschen. Mal ehrlich – Mister Kürbiskopf? Redende Kürbisse sind so was von uncool!

3. Der klassische Lederrucksack

Sie quietschen, stinken und werden noch schneller unmodern als ein Song von „Mr. Cool" oder der Mark-MacMurphy-Film „Mein bester Kumpel ist ein Pavian".

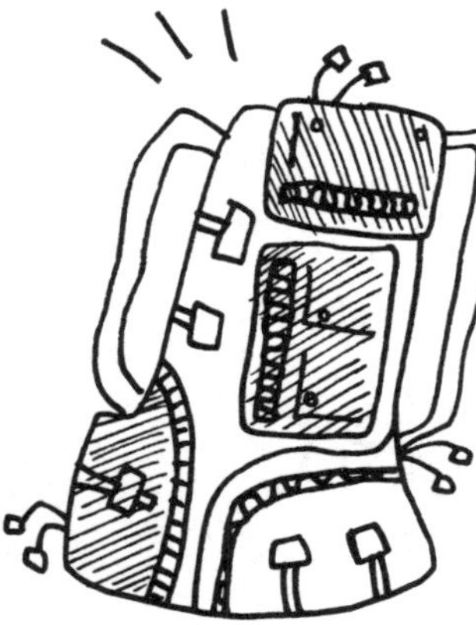

4. Der praktische Outdoor-Rucksack

Sehr praktisch zum Wandern oder Bergsteigen, aber für die Schule? Vergesst es!

Kaum bin ich zu Hause, versuche ich Dad zu überreden, mit mir ins Einkaufszentrum zu fahren und mir einen neuen Rucksack zu kaufen.

Aber etwas ist faul. Und zwar **OBERFAUL.**

Denn Dad ist sofort einverstanden.
„Gute Idee", trällert er, springt auf, zieht sich seine Autoweste an (er hat für jede Gelegenheit eine eigene Knolly-Wolly-Strickweste) und eilt zur Haustür.

Kaum sitzen wir im Auto, dreht Dad das Autoradio auf

VOLLE LAUTSTÄRKE.

Er liebt das, was er seine „Fröhlichen-Auto-Songs“ nennt.

„Diese Musik ist groo-vy“, summt er und räuspert sich.
Ich weiß, was als Nächstes kommt – er singt mit!

Und als wäre sein Musikgeschmack nicht schon schlimm genug, sind unsere Autolautsprecher speziell laut,

richtig laut,

und wenn Dad dann seine **Fröhlichen-Auto-Songs** aufdreht, dröhnt es derartig, dass Vogelschwärme von ihrem Kurs abkommen und die Maulwürfe im Boden vor lauter Krach nicht mehr Schach spielen können.

Und wenn Dad dann noch mitsingt, ist es so laut, dass man es garantiert noch im Weltraum hört.

Aber es kommt noch schlimmer. Denn wir fahren nicht direkt zum Einkaufszentrum.

„Himmel, schon so spät?", keucht Dad, als er auf seine Uhr blickt. „Ich muss dringend einen

NOTSTOPP

einlegen!"

Nur mein Dad kommt auf Ideen wie … einen NOTSTOPP beim FISCHHÄNDLER einzulegen.

„Für unsere Grillparty", erklärt er.

Mein Dad lässt sich jedes Jahr etwas Neues einfallen, um seine Grillparty anders und noch besser zu gestalten. Und dieses Jahr … ist Fisch angesagt.

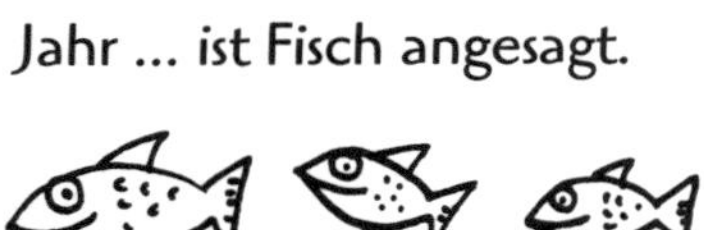

„Ich bin im Fisch-Himmel!" Mit diesen Worten verschwindet Dad im Inneren des Ladens.

Nach ein paar Minuten taucht er wieder auf, mit mehr Fischen, als ich jemals gesehen habe. Er hat so viele Fische gekauft, dass sie nicht in unser Auto passen! Wir müssen die Fischfilets in den Kofferraum und die Fischpasteten ins Handschuhfach pressen. Und die edlen Fischstäbchen muss Dad in seine Aktentasche quetschen.

„Die Musgroves werden BEGEISTERT sein!"

Das Verstauen hat ewig gedauert und das Einkaufszentrum ist jetzt zu! Ich kann mir den neuen Rucksack abschminken!

Als wir am nächsten Tag zur Schule gehen, versuche ich, Dads Aktentasche zu verstecken, doch dann höre ich ein

LACHEN, DAS ICH NUR ZU GUT KENNE.

Logisch, es ist Clarissa. Ich wusste, dass sie es merken würde. Doch noch bevor ich darauf antworten kann, fällt mir etwas an Clarissa auf – sie geht ZU FUSS!

Wie sich herausstellt, ist der Wagen ihrer Mutter in Reparatur, und jetzt muss sie mit uns gehen – den „kleinen Leuten", die in „kleinen Häuschen" wohnen.

„Ist ja total süß", sagt sie. „Zu Fuß gehen. Wie niedlich. Zu schade, dass es hier unten so stinkt. Im Auto können wir immer die Klimaanlage aufdrehen."

Ihr müsst wissen, dass in unserer Stadt die GROSSEN Häuser oben auf einem Hügel stehen. Echt, manchmal wünsche ich mir, ich könnte mich in einen

RIESEN verwandeln.

Einen Riesen mit **FAULIGEM ATEM** …

… und Füßen, die wie tausend faulige **EIER** stinken …

Dann könnte ich euch die GROSSEN HÄUSER zeigen, und bei Clarissas Haus würde ich in ihr Zimmer pusten und mein Atem würde all ihre Sachen zum SCHMELZEN bringen ...

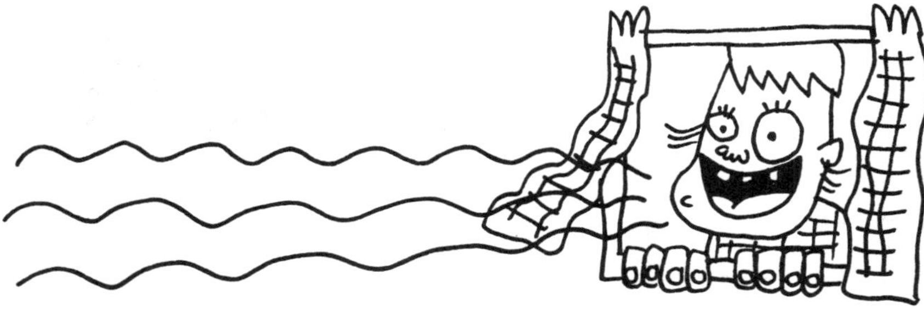

Ich würde in ihrem Riesen-Swimmingpool rumplanschen und wegen meiner stinkenden Riesenfüße würde das Wasser grünlich und giftig werden ...

Und zum Schluss würde ich mich mit meinem dicken wabbeligen Riesenhintern auf ihr supertolles PONY setzen – aber nicht so lange, dass es hinterher eine Pony-Pizza ist ...

Aber im Moment muss ich mich zum Glück nicht in einen Riesen verwandeln, weil Clarissa ohne ihr schickes „Taxi Mami" wie wir anderen zu Fuß gehen muss. Und dabei scheint sie sich nicht sehr wohlzufühlen. Finde ich

KLASSE!

Aber allzu überheblich darf ich nicht sein, denn
a) habe ich eine lächerliche Schultasche und
b) steht die Grillparty vor der Tür, und ich musste meiner Mum VERSPRECHEN, nett zu Clarissa zu sein. Sie hofft, dass wir „dicke Freundinnen"* werden.

*Ich wette, nicht mal Mum glaubt, dass das jemals passieren wird.

Ein paar Meter vor der Schule erblicken wir etwas, das sehr VIEL AUFREGENDER ist als Clarissas Geplapper.

Cordy hat es als Erste erspäht – dann ich ... und es ist wirklich

DER HAMMER!

Ein Werbeplakat für den neuen Dusk-Light-Film!
„Nicht mehr lange", sagt Cordy andächtig. „Ich kann es kaum erwarten ..."
Der Schultag geht schnell vorbei, weil wir dauernd über diesen Film reden.

Der nächste Tag ist ein Samstag, doch er fängt SCHRECK-LICH an:

Kritzel ist verschwunden!

Ich stelle mein ganzes Zimmer auf den Kopf und finde ihn in der Ecke, die Mum „Chaoszone" nennt (ich nenne sie: MEINE PAGAGEIEN-BASTEL-ZONE). Kritzel hat sich unter meinem Meisterwerk versteckt! Ich bekomme ihn erst heraus, als mein Dad die Treppe hochbrüllt.

„Kommt, wir fahren zum Pet Mega Store!"

Edgar hat kein Futter mehr und sein spezielles Reptilienfutter kriegt man nur in einem Spezialladen am Stadtrand.

Wie immer haben Mum und Dad ihre liebe Mühe, bis sie uns endlich alle im Auto sitzen haben.

Dad schaltet seine Fröhlichen-Auto-Songs ein, wir anderen halten uns die Ohren zu, und los geht's ...

Bald schon sind wir am Ziel:

PET MEGA STORE

Was ihr über Pet Mega Store wissen müsst:

1. Hier gibt es Haustiere, Futter und alles Nützliche für Haustiere.
2. Der Shop ist nicht nur groß, sondern **MEGA**-groß.
3. Ähm, das war's schon.

Das Geschäft ist ein Paradies für Haustierfreunde und ich komme immer schrecklich gern hierher …

Mabel will nicht aussteigen (sie kann sich nicht von ihrem PHYSIKBUCH trennen), doch Bertie und ich springen aus dem Auto.

Ich stehe staunend vor den Aquarien …

… und dem Hundepflegesalon.

Und natürlich gehe ich auch in die Abteilung mit dem Reptilienfutter, das, wie ich schon erwähnt habe, ziemlich EKLIG ist!

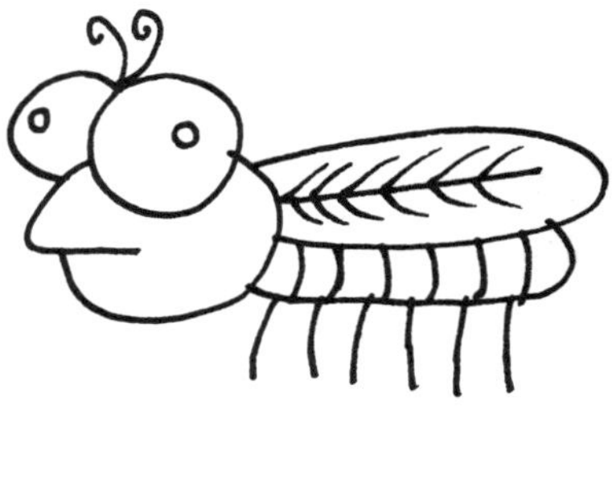

Da kommt eine laute Ankündigung aus dem Lautsprecher: Gleich gibt es eine VORFÜHRUNG, bei der erklärt wird, was man für die Haltung von Reptilien zu Hause wissen muss.

Perfekt!

Es ist SUPER. Eine Frau gibt eine Menge Tipps …

Tipps zur richtigen Haltung von Reptilien

1. Ob dein Reptil gesund ist, kannst du an seiner Haut, den Augen und der Nase erkennen – hat dein Tier eine Rotznase, ist es krank. Edgar sieht ganz gesund aus, doch ich muss zu Hause mal nachsehen.

2. Dein Reptil braucht regelmäßig Auslauf. Das wird Mabel gar nicht gern hören …

3. Sie mögen keine abrupten Bewegungen, doch durch Kitzeln am Kinn kann man sie beruhigen. Das muss ich mir merken, falls Edgar mal ausflippt.

4. Sie mögen frisches und LEBENDES* Futter. Dann kauf ich mal welches!
*Dass es EKLIG ist, habe ich schon erwähnt.

Nachdem ich ein paar LEBENDE Grillen gekauft habe, können wir wieder nach Hause fahren. Ich musste meinen Eltern VERSPRECHEN, dass sie in ihrem Behälter bleiben – aber natürlich kann ich nicht widerstehen und spiele meiner Schwester einen Streich ...

Au, Mabel – die Grillen sind ausgebüxt und formieren sich in deinen Haaren gerade zu einer Band!
Das ist die SCHLIMMSTE Autofahrt MEINES LEBENS!

Am Sonntag ist

OMA-TAG!

Ich gehe gern zu Oma. Erstens kann sie fantastisch backen …

Und zweitens kennt sie lustige Geschichten (meist über Mum) …

Außerdem hat sie eine große Sammlung an richtig PEINLICHEN Fotos, meist von Mum, aber auch welche von Mum und Dad (okay, auch von mir, aber die bekommt ihr nicht zu sehen) …

Doch das Beste ist, dass Oma einen Papagei hat. Er heißt Otto. Mabel kann Otto natürlich NICHT AUSSTEHEN und Otto sie auch nicht (geht den meisten Tieren so).

„Hallo, meine Lieben!" Oma strahlt. „Immer hereinspaziert. Ich habe etwas gebacken!"

Wir setzen uns an den Tisch und freuen uns auf Omas

KUCHEN.

Jetzt muss ich euch etwas Wichtiges über Omas Kuchen erzählen. Jeder mag Kuchen, oder? (Okay, abgesehen von Mabel, aber wir haben uns ja schon darauf geeinigt, dass sie KOMISCH ist.)

Die Kuchen meiner Oma sind keine normalen Kuchen – es sind geniale Torten mit den allercoolsten, superleckeren Zutaten, fantastisch dekoriert. So oder ähnlich sehen ihre Meisterwerke aus.

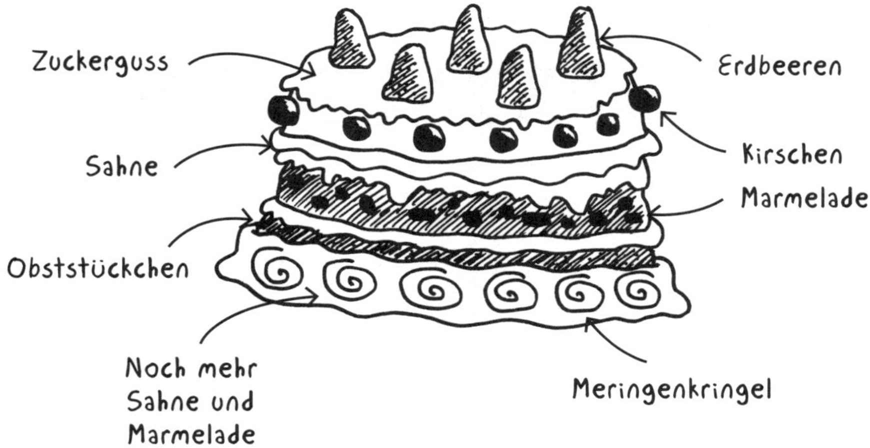

Ihre Rezepte sind

TOP-SECRET

und sie verrät sie keinem. Aber ich würde wetten, dass sie dafür eine Leiter und einen Rührlöffel braucht, so groß wie ein RUDER ...

Als wir über die Torte herfallen, erzählt Oma, eine

SUPERPEINLICHE

Geschichte von Mum, als sie sieben war ...

Die Frisörin, die meiner Mum normalerweise die Haare schnitt, war krank, und da ist deren jüngere Schwester eingesprungen – die jedoch NOCH NIE Haare geschnitten hatte. Außerdem hatte sie sich den Arm gebrochen und trug ihn in einer Schlinge (könnte man zumindest denken, wenn man das Ergebnis sieht!) ...

Oma reicht ein Foto herum und wir können alle die absolute HAAR-KATASTROPHE sehen.

Nach dem Tortenessen setzen wir uns ins WOHNZIMMER.
Das ist der zweite Grund, warum ich so gern zu Oma gehe – im Gegensatz zu allen anderen. Denn im Wohnzimmer ist Otto, Omas Papagei.
Mum, Dad, Mabel und Bertie behaupten, Otto sei BÖSE.
Okay, ich gebe zu, dass er manchmal fies ist. Dann benimmt er sich, als sei er von bösen Geistern besessen.

Einmal ist er über Dads Lieblings-Strickjacke hergefallen, sodass am Ende nur eine Handvoll Wolle übrig war.

Oder damals, als meine Mum einen wichtigen Anruf von ihrem Boss bekam und Otto dauernd „Dumm wie Brot!" gekrächzt hat.

Es war ziemlich schwer für Mum, ihrem Boss zu erklären, dass nicht er gemeint war.

Auch heute ist es nicht viel anders, und Otto beginnt, in Dads Richtung zu krächzen: „SCHWULE WAFFELN!“ Und er pickt auf Mabels Physikbuch ein (klar, dass sie es mitgebracht hat, weil es ja so „spannend“ ist).

Mich mag Otto und ich kann ihn auch schnell wieder beruhigen. Das ist gut, denn ich muss Oma um einen Gefallen bitten. Ich brauche etwas, das nur Oma (oder eher Otto) mir geben kann ...

FEDERN!

„Kein Problem, Schatz", sagt Oma. „Otto verliert ständig Federn. Manchmal finde ich sogar welche in meinem Pudding!"

„Puddy-Puddy-Puddy!",

krächzt Otto aus dem Nebenzimmer, wo er gerade in Mums Haaren herumpickt. Otto bleibt nie auf seiner Stange sitzen, er flattert von Sofa zu Sofa – und das erklärt, warum Mabel bei Oma immer auf dem Fußboden sitzt.

Wieder zu Hause, füttere ich Edgar (IGITT-IGITT), dann mache ich mich an die Arbeit. Ich möchte meinen Papagei fertig basteln, mit echten Federn, die von Omas Otto.

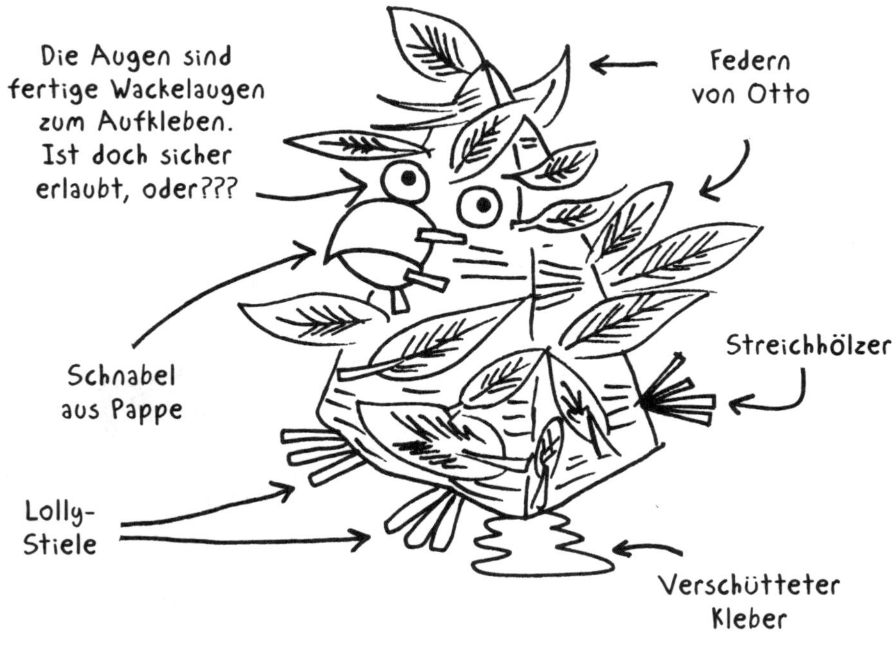

Doch vor lauter Zuschneiden, An- und Zusammenkleben meines Papageis fällt mir plötzlich siedend heiß etwas ein, was ich komplett vergessen habe: eine neue Schultasche zu kaufen!

Auweia, jetzt muss ich noch eine Woche mit Dads Aktentasche rumlaufen!

Am nächsten Morgen

bringen wir alle unser Modell für den Wettbewerb mit in die Schule. Man könnte fast meinen, wir hätten unsere alljährliche Bastel-Ausstellung.

Ich habe meinen Papagei mitgebracht, Cordy ihre Fledermaus.

Eines der **GROSSEN** PROBLEME mit der Bastel-Ausstellung sind die ELTERN. Komischerweise denken die immer, sie müssten mitmachen, und sie sind ÜBERALL …

Es gibt besorgte Eltern, angeberische Eltern und ehrgeizige Eltern.

Mias Führer über Eltern am Basteltag:

1. Die Kunstexperten

Er/ sie war auf der Kunstakademie und KENNT SICH TOTAL AUS.

2. Die Möchtegern-Kunstexperten

Sie DENKEN, sie kennen sich aus mit Kunst, dabei produzieren sie nur Mist (das hält sie aber nicht davon ab, zu allem einen Kommentar abzugeben).

3. Die Ganz-gut-in-Kunst-aber-die-ganze-Nacht-wach-Eltern

erkennt man an ihren Tränensäcken und daran, dass ihnen das Kunstwerk auf dem Weg zur Schule runtergefallen ist.

Ms Hailey mag es zum Glück nicht, wenn ihr Schulhof belagert wird, und sie verscheucht die Eltern.

„Es reicht, alle raus hier!", bellt sie. „Ja, auch Sie, Mrs Abercombie. Und ich weiß, dass Sie bestimmt mächtig stolz auf das Modell Ihrer Tochter sind, Mr Patel, aber Sie müssen jetzt auch gehen ..."

Obwohl Ms Hailey an diesem Tag als PINGUIN verkleidet ist, traut sich keiner der Eltern, ihr zu widersprechen.

Doch dann erstarrt auch sie mitten in einer Bewegung, weil eine laute Sirene ertönt …

BIEP BIEP BIEP BARP BARP

Vor der Schule hält ein großer Lastwagen an. Er ist von der Firma Musgrove International und darin sitzt Clarissa mit ihrem Modell.

„Hier lang, Männer!“, befiehlt Clarissa, die das Ausladen

IHRES MODELLS

überwacht. Es handelt sich um eine lebensgroße GIRAFFE!

Ms Hailey watschelt herbei. „Oooh, sehr schön, Clarissa“, säuselt sie. „Dieses grandiose Exemplar wird sich auf unserer Bühne bestimmt gut machen!“

Als wir endlich im Schulgebäude sind, hilft uns Miss Primula beim Aufstellen unserer Tiere. Jede Klasse hat einen bestimmten Platz in der Aula und die schönsten Modelle kommen auf die Bühne.

Clarissas Giraffe überragt natürlich alle anderen Tiere und blickt hochnäsig auf sie herunter.

„Nun, es ist … ähm, eine bunte Mischung, aber ich bin sehr zufrieden mit euch", sagt Miss Primula und rückt das letzte Modell zurecht.

„Vorsicht, Miss Primula", sagt Cordy erschrocken, als einer der Flügel ihrer Fledermaus flattert.

„Die Schiedsrichter kommen nächste Woche", teilt uns Miss Primula mit.

Ich hoffe bloß, dass die Modelle so lange durchhalten – manche scheinen jetzt schon auseinanderzufallen!

„Bin ich froh über MEINE Giraffe!", raunt mir Clarissa zu. „Dein Papagei sieht ja echt

BESCHEUERT aus ..."

Ich wünschte mir, mein Papagei wäre LEBENDIG und könnte wie ein Specht in einer Tour auf Clarissas Kopf einhacken.

Die Woche ist vorbei, und die Modelltiere, der Wettbewerb und dass Clarissa von Modellpapageien gepickt wird, sind vergessen, denn es ist

SAMSTAG ...

ABER KEIN NORMALER SAMSTAG,
... ES IST DER TAG DER GROSSEN

GRILLPARTY.

(Irgendwie hab ich kein gutes Gefühl.)

Meine Eltern sind am Durchdrehen. Sie kommen mir wie Monster oder Grillroboter vor, die alles zertrampeln, was ihre hochkarätige Grillparty gefährden könnte.

„Muss die richtige Strickweste anziehen", sagt mein Dad mit seiner Roboterstimme. „MUSS MISTER MUSGROVE BEEINDRUCKEN."

Wie ich schon erwähnt habe, hat mein Dad früher für Strickwesten gemodelt, und inzwischen hat er bei wichtigen Anlässen die Auswahl auf drei Stück reduziert:

Meine Mum führt derweil einen Kampf – gegen ihre eigenen Haare!

„Brauchen mehr Volumen!",
knarrt sie mit ihrer Robo-Stimme. „Mrs Musgrove mag mich nur, wenn ich TOLLE HAARE habe!"

Wie ich schon erwähnt habe, wurde Mrs Musgrove wegen ihrer tollen Haare früher mal Schönheitskönigin. Vielleicht legt Mum deshalb so großen Wert auf eine tolle Frisur, wenn Mrs Musgrove zu Besuch kommt.

MRS MUSGROVE
Wow, so viele Haare!
Wie die Mähne eines Einhorns, nur schöner!
Sprungkraft
Glanz
Glitzer
Schimmer
Ich platze gleich vor Neid!

Ich würde diesem Irrsinn gern entkommen und mich in meinem Zimmer verstecken. Ich könnte ja ein bisschen mit Edgar und Kritzel rumhängen.

Wir könnten eine Band gründen, einen Zirkus eröffnen oder ... hey, ein Detektivbüro – das sich auf INSEKTEN-VERBRECHEN spezialisiert hat.

Doch wir Kinder sollen auftreten als ...

Und als sich Mums Haare nicht noch mehr aufplustern lassen und Dad seine Strickweste ausgesucht hat (die, die GRILL-GENIE schreit, falls es euch interessiert), geht es UNS an den Kragen!

Und als wäre das alles nicht schon schlimm genug, werden Mabel und ich nun geschrubbt, als ginge es um unser Leben.

Wir müssen NEUE KLEIDER anziehen ... AUSGEWÄHLT VON MUM!

EINE BRAND-NEUE **RÜSCHIGE** PARTYKLAMOTTE ... **IIIIH!**

Selbst Bertie muss dran glauben. Er wurde geschrubbt und trägt jetzt ... EINE FLIEGE?!

Dann kommt Oma an (sie soll beim Gemüseschneiden helfen und auf Bertie aufpassen). Mit Otto auf ihrer Schulter sieht sie wie ein Pirat im Ruhestand aus.

„Au Mann, musstest du dein geflügeltes Ungeheuer mitbringen?", stöhnt Dad.

„Na, ich konnte ihn doch nicht allein lassen", sagt Oma und streichelt Otto, der auf ihre Hand geflogen ist. „Außerdem leistet er mir Gesellschaft, wenn ich auf Bertie aufpasse."

Dad beäugt Otto **SEHR, SEHR** misstrauisch ...

„Gut, aber halte ihn von unseren Gästen fern", sagt Mum warnend und schaut dann zu mir. „Glaub ja nicht, dass du dich verdrücken kannst, um mit Otto zu spielen. Hier eine Liste der Dinge, die du TUN und NICHT TUN darfst."

Mum drückt mir eine Liste in die Hand …

ERLAUBT IST:

... dich mit allen Gästen höflich über nette Themen zu unterhalten.

... den Gästen Snacks und Drinks anzubieten – du selbst lässt die Finger davon!

... Mrs Musgrove ein Kompliment zu ihren Haaren zu machen, und zwar bei jeder sich bietenden Gelegenheit!

... über alle Witze zu lachen, die Mr Musgrove erzählt, besonders die über Golf!

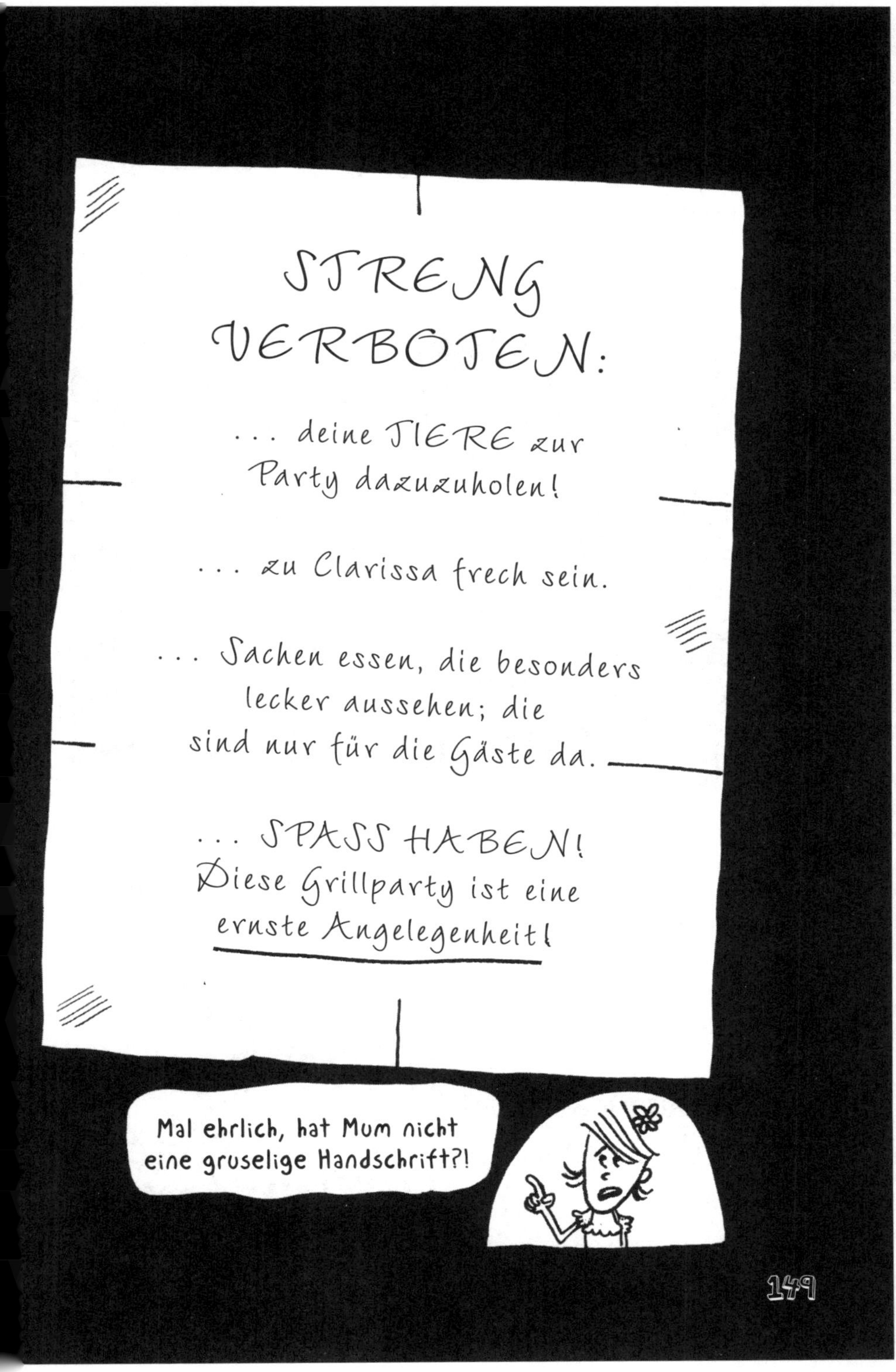
STRENG VERBOTEN:
... deine TIERE zur Party dazuzuholen!
... zu Clarissa frech sein.
... Sachen essen, die besonders lecker aussehen; die sind nur für die Gäste da.
... SPASS HABEN! Diese Grillparty ist eine ernste Angelegenheit!
Mal ehrlich, hat Mum nicht eine gruselige Handschrift?!

Bald schon trudeln die ersten Gäste ein, darunter auch ihr-wisst-schon …

„Donny, wie schön, euch zu sehen!“, schmalzt mein Dad und nimmt Mr Musgrove den Mantel ab. „Du siehst gut aus, nicht wahr, Penny? Sieht er nicht spitzenmäßig aus?“

„Ja, UNGLAUBLICH SPITZENMÄSSIG!“, bestätigt Mum strahlend.

„Und du erst, Muriel!"

Jetzt muss Mum erst mal Luft holen ...

Während Dad die Musgroves zum Grill führt,

NÖTIGT

mich Mum, Clarissa mein Zimmer zu zeigen.

„Geht ruhig, ihr beiden Hübschen", sagt Mum mit einem total gekünstelten Säuseln. „Ihr werdet euch sicher gut verstehen."

Mum will Dad nur helfen, seinen Boss zu beeindrucken, das weiß ich. Und ich will meinem Dad natürlich auch helfen. Deshalb reiße ich mich schwer zusammen und versuche, zu CLARISSA MEGAHÖFLICH zu sein.

Ich schraube mir mein

FRÖHLICHSTES GRINSEN ins Gesicht.

„Ja, komm doch mit hoch, Clarissa", sage ich mit zusammengebissenen Zähnen. „Ich möchte dir so vieles zeigen ..."

„Sag mal, ist alles in Ordnung mit dir?", fragt Clarissa, als wir in mein Zimmer hochgehen. (Ich glaube, sie nimmt mir das Grinsekatzengrinsen nicht ab.)

„Klar“, sage ich. „Wir können ein paar … ähm, Brettspiele machen oder du siehst dir meine Bücher an …“ Hoffentlich entgleiten mir meine Gesichtszüge nicht so schnell. Aber Clarissa macht es mir NICHT leicht.

„Bei euch im Hause ist alles so winzig“, schnaubt sie und inspiziert mein Zimmer mit einem Gesicht, als wäre sie gerade in Hundekot getreten. „Winziges Haus, winziges Zimmer, winzige Spielsachen …“

Doch dann erblickt sie meine beiden Haustiere.
„Eine Maus UND diese widerliche Schulechse“, kreischt sie. „Du hast Ungeziefer in deinen ZIMMER! Ist das kein Gesundheitsrisiko?“

„Ach, weißt du, die meisten Haustiere sind überraschend sauber“, fauche ich und mir tut langsam der Kiefer weh.

„Ich EKLE mich richtig vor der Echse“, sagt Clarissa angewidert. „Miss Primula soll bloß nicht glauben, dass ich mich auch nur eine Sekunde um dieses widerliche … Ding kümmere!“

Ich stelle mir vor, wie Edgar aus seinem Käfig ausbricht – wütend und wild entschlossen, es Clarissa heimzuzahlen.

Und als er aus dem Käfig springt, wirft er verse-hentlich das Fläschchen mit dem Pflanzen-dünger um und wird RIESIG!

Er schnappt sich Clarissa und springt mir ihr aufs Hausdach...

Und während ich noch davon träume, was Riesenechse Edgar alles anstellt, tut Klein-Edgar etwas sehr Seltsames – etwas, das er noch nie getan hat.

Der echte Edgar, unsere Klassenechse, sieht so glücklich aus wie noch nie. Er hüpft aus seinem Käfig und kriecht an Clarissas Arm hinauf! Wenn Echsen schnurren könnten, würde er es vermutlich tun!

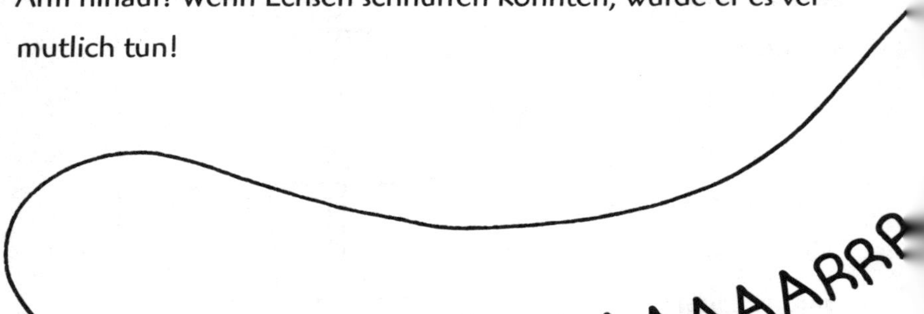

„Ich glaube, er mag dich", sage ich, als ich sehe, wie freudig er mit dem Schwanz wedelt. „Falsch: Er ist ganz

VERRÜCKT nach dir!"

Doch Clarissa rennt bereits schreiend aus meinem Zimmer.

Hinten im Garten überschlägt sich mein Dad fast, um Mr Musgrove zu beeindrucken.

„Dieser Grill hier hat vielleicht POWER", prahlt Dad. „Aber warte ab, bis du siehst, was ich gleich darauf grillen werde ..."

Dad klatscht in die Hände. Das ist mein Stichwort. Mit einem übervollen Tablett voller FISCHE stolpere ich aus dem Haus!

Als ich die Spezial-Fischplatte nach draußen bringe, gibt es lauten APPLAUS.

Dad bedankt sich bei den Gästen und winkt in die Menge. Oje, wenn er wüsste, dass er nur noch SEKUNDEN von einer KATASTROPHE entfernt ist!

Okay, ich erzähle es euch im Stil einer reißerischen Doku, genau so, wie wir es gerade erleben ...

„WENN DIE NATUR ZUSCHLÄGT –
TEIL 1: DIE GRILLPARTY."

„Sehen Sie nur, wie viel Spaß die Menschen hier haben – woher sollen sie auch wissen, dass ein Anschlag bevorsteht, ein

ANGRIFF der NATUR!"

„Noch denkt der Mann hier, er könnte seinen Gästen gleich exquisiten frischen Fisch servieren. Allerdings weiß er nicht, dass seine Fische mit Echsenfutter verseucht sind!"

„Überall hüpfen plötzlich Grillen herum, die auch

AUF DIE GÄSTE SPRINGEN!"

„Doch das ist erst der ANFANG, es kommt noch dicker ... Es droht Gefahr aus der Luft!"

„Es ist Omas Papagei –

OTTO!

Er ist entkommen!
Und er fliegt
zielstrebig auf
MRS MUSGROVES
SUPERGEPFLEGTE
HAARPRACHT zu!"

„Und dann noch Terror
auf vier Pfoten – eine
gewöhnliche Hausmaus
... sie knabbert an ihren
PERFEKT MANIKÜRTEN
FUSSNÄGELN!"

„Doch am schlimmsten hat es Clarissa
Musgrove erwischt, die arme,
liebe Clarissa ..."

„Auf ihrem Kopf sitzt eine
ECHSE – die aussieht, als wäre
sie im Echsen-Himmel!"

„„HILFE!"", kreischt das arme Mädchen."

„Doch es gibt kein Entrinnen ... wenn die

NATUR ZUSCHLÄGT!"

So würde ich es euch gern schildern, doch die Realität war leider sehr viel weniger aufregend. Was WIRKLICH passierte, als Dad den ersten Fisch aufspießte, war, dass es plötzlich SEHR, SEHR KOMISCH roch ...

Der Fisch war VERGAMMELT und faulig.
Er hatte sein Haltbarkeitsdatum überschritten und

STANK!

Er stank so FÜRCHTERLICH, dass die Gäste eine Entschuldigung murmelten und das Weite suchten. In seiner Verzweiflung legte Dad den Fisch auf den Grill – doch da wurde der Gestank noch schlimmer!

Mr und Mrs Musgrove flüchteten als Erste ...

Mr Musgrove sagte auch die Golfpartie ab, zu der er meinen Dad eingeladen hatte ...

Und natürlich konnte sich Clarissa einen fiesen Spruch nicht verkneifen, als sie mir Edgar zurückgab.

Und auf **EINEN SCHLAG** ist keiner mehr da. Eine 24-karätige MEGAKATASTROPHE. Meine Eltern sind am Boden zerstört und brauchen dringend eine kleine Aufmunterung. Ich weiß genau, was bei ihnen immer wirkt, nämlich ...

PIZZA!

„Ich bestelle uns eine Pizza“, sagt Mum und ich sehe sie endlich wieder lächeln.

„Ich war schon so weit, dass Mr Musgrove mich zu einer Partie Golf eingeladen hatte", seufzt Dad, als wir alle am Küchentisch sitzen.

„Habt ihr Mrs Musgroves Frisur gesehen?", sagt Mum grinsend, während sie über ihre Pizza herfällt.

„Wenn sie noch mehr Haare hätte, bräuchten die einen eigenen Flughafen", kichert Oma. Die ganze Familie ist wieder gut drauf.

Das Ganze fand also ein (fast) glückliches Ende und es gab sogar Eiscreme zum Nachtisch.

Nach einigen Tagen ist die GRILL-KATASTROPHE fast schon vergessen – für mich zumindest.

Cordy kommt zu Besuch und wir

QUATSCHEN und

QUASSELN …

Wir schmieden einen cleveren Plan – so clever, dass die Dozenten am Cleveren-Pläne-College noch in Jahrzehnten davon reden werden …

„Okay, ich fasse noch mal zusammen", sagt Cordy und nimmt einen langen Schluck von ihrem Erdbeer-Milchshake, den meine Mum für uns gemacht hat.

Zum ersten Teil unseres Plans gehört:

(a) Dads stinkende Fische in Clarissas schweineteure Schultasche schmuggeln.

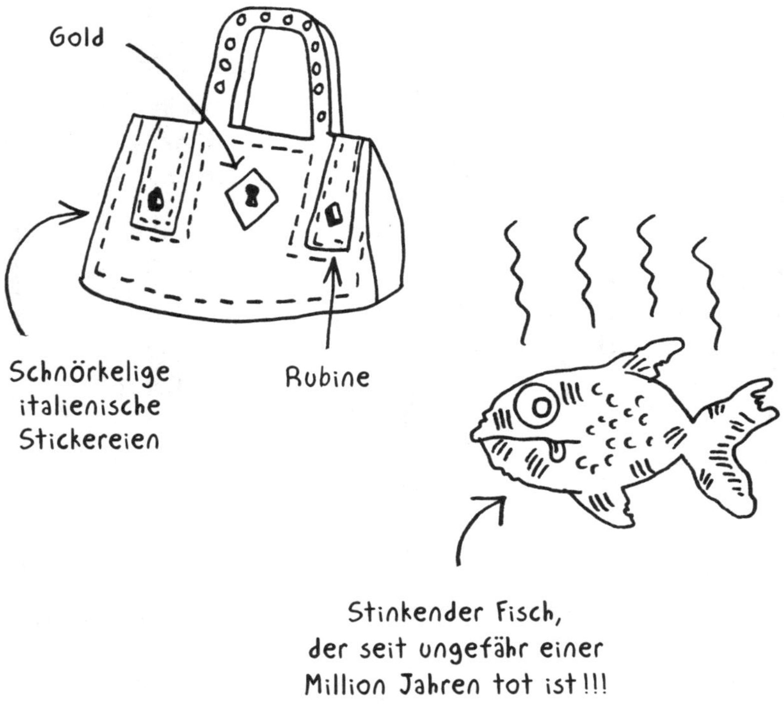

Mein Dad hat die Fische nämlich noch nicht weggeworfen. Er will sie ins Geschäft zurückbringen und sich BESCHWEREN – auf die peinliche Art, die Eltern nun mal haben.

Zum anderen Teil des Plans gehört:

(b) dass ich der Familien-Grillparty im nächsten Jahr entkomme.

Zu dumm, aber ich werde noch acht weitere Jahre bei meinen Eltern wohnen. Und egal was für eine Katastrophe auf der Grillparty auch passiert ist – nächstes Jahr haben sie total vergessen, wie GRAUENVOLL es war, und organisieren unverdrossen die nächste.

Der letzte Teil meines Plans ist der kniffligste:

(e) Frage: Wie kann ich die Musgroves möglichst billig ins Weltall schießen?

Ich weiß, auf den ersten Blick klingt es einfach – ein Raumschiff mieten, die Musgroves an Bord locken, und AB GEHT DIE POST! Doch das ist leichter gesagt als getan. Ich schätze, es kostet mindestens acht Billionen. Und Clarissa glaubt mir sowieso nichts …

Das Schwierigste wird sein, alles miteinander zu

KOMBINIEREN:

Zoom!
Mond
Riecht es hier nach fauligem Fisch?
Müssen die Musgroves sein.
Clarissa wird von der Geschwindigkeit und dem GESTANK übel.
Wegen des Fischgestanks löst sich ihre Designertasche auf!

Bevor unsere Pläne noch komplizierter werden, muss Cordy mir etwas SUPERAUFREGENDES zeigen.

„Ich kann keine Sekunde länger warten", kreischt sie und hält mir ZWEI KARTEN FÜR DEN DUSK-LIGHT-FILM vor die Nase!

„Wir gehen zur Premiere! Ich musste eine Armee von geifernden Zombie-Schweinen losschicken, um an die Karten zu kommen!"

„Cordy!", kreische ich entzückt.

„Okay, meine Mum hat sie gekauft, aber sie musste bis zwei Uhr nachts am Computer sitzen, bevor sie sie auf der Dusk-Light-Webseite bestellen konnte", sagt Cordy.

In dieser Nacht kann ich vor Aufregung kaum schlafen. Doch am nächsten Morgen werde ich ganz traurig, weil ich Edgar in die Schule zurückbringen muss.

Aber ich glaube, Kritzel ist froh, dass er mein Zimmer nicht mehr mit einer Echse teilen muss.

„Gut gemacht, Mia“, sagt Miss Primula. „Edgar sieht sehr gesund aus – du hast dich gut um ihn gekümmert. Mal überlegen, wer ihn als Nächstes bekommt.“

„Wie wär's mit ... Clarissa?“, schlage ich vor.
Clarissa wirft mir einen

BÖSEN BLICK

zu, doch leider hat Miss Primula es gar nicht gehört.

Unsere Klasse muss nämlich gleich zu einer SONDERVERSAMMLUNG in die Aula … wo die Sieger des Modelltier-Wettbewerbs verkündet werden.

Giles Goddard ist wieder da … und was hat er diesmal mitgebracht?

STABHEUSCHRECKEN!

„Seht euch dieses Tierchen an – es sieht aus wie … ein STAB!“ erklärt der Experte.

„Oooooh!“, raunt die ganze Aula. Diese Tierchen machen einem zwar keine Angst, aber sie sehen ziemlich gruslig aus.

Als der Applaus verebbt, schwirrt Ms Hailey auf die Bühne – nicht wörtlich, aber sie ist immerhin als FLIEGE verkleidet.

In der Aula herrscht Totenstille, als Mr Goddard einen Umschlag öffnet …

„Wir haben uns die Entscheidung nicht leicht gemacht", sagt Mr Goddard feierlich. „Doch eine Klasse übertrifft bei Weitem alle anderen …"

„Gewonnen hat …" (DIE GANZE SCHULE hält gespannt die Luft an) … **„die Klasse von Miss Primula!"**

Unsere Klasse darf in den Safaripark! Ich kann es kaum

FASSEN!

Aber natürlich muss Clarissa damit rumprahlen, dass sie schon ZIGMAL dort war – UND sie findet, dass wir IHR den Sieg zu verdanken haben.

„Ohne meine Giraffe hätten wir nie gewonnen", sagt sie angeberisch. (Dabei habe ich genau gehört, wie Ms Hailey zu Mr Mavers sagte, er solle das „PAPPMACHÉ-UNGETÜM hinter den Fahrradschuppen stellen.")

Als wir wieder in unserem Klassenzimmer sind, kriegt sich Miss Primula vor Stolz kaum ein …

„Ist es nicht großartig, Kinder?“, sagt sie und gibt Edgar vor Freude ein paar extra Grillen zu fressen.

Das einzige Problem mit einer TOLLEN Nachricht ist, dass wir uns für den Rest des Tages kaum noch konzentrieren können …

Dass der **AUFREGENDE TAG** bevorsteht, merkt man daran, dass man so früh aufwacht, dass es draußen noch STOCKDUNKEL ist.

Denn heute fahren wir in den SAFARIPARK, und da will ich

AUF GAR KEINEN FALL

verschlafen!

An einem solchen Tag hätte ich statt eines Weckers lieber einen zornigen Kobold in meiner Sockenschublade, der mich anbrüllt und AUFSTEHEN! ruft.

So aber muss ich mich auf meinen alten Wecker verlassen. Ich bin so aufgeregt, dass ich sofort aus dem Bett springe.

Zum Glück ist Kritzel eine sehr verständnisvolle Maus und nicht allzu traurig – besonders weil er zum Frühstück einen Toast mit besonders viel KÄSE kriegt.

Ausnahmsweise höre ich meinen Dad mal nicht singen. Dafür dringt von unten etwas viel Schlimmeres herauf. Ein mordsmäßiger …

„Dieses Zeug kriegt der Fischhändler noch HEUTE zurück", schimpft Dad.

Nicht zu fassen! Die Grillparty ist schon ewig her und Dad will die vergammelten Fische jetzt erst zurückbringen?!

Eine verrückte Idee – vermutlich sogar ein Gesundheitsrisiko – aber wieder mal TYPISCH DAD!

„Hab ich dir nicht gesagt, dass meine Aktentaschen unglaublich praktisch sind?“, sagt mein Dad und stopft die ganzen stinkenden Fischstäbchen in die erstbeste Aktentasche.

Da fällt mir wieder ein, dass ich IMMER NOCH keine neue Schultasche habe.

Weil mein Vater so einen Wirbel gemacht hat, bin ich jetzt

total spät dran!

Es gibt nur eine Lösung: Dad muss mich auf dem Weg zum Fischgeschäft an der Schule absetzen.

Wir fahren nämlich mit einem Bus in den Safari-Park, und das ist mit das Tollste am ganzen Ausflug. Denn es ist TOTAL WICHTIG, WO MAN SITZT!

Mias Kurzanleitung für Bus-Sitzplätze:

RÜCKBANK
Hier sitzen die coolen Kids,
möglichst weit weg von den Lehrern.
Nur hier kann man in Ruhe
QUASSELN und FUTTERN.
MITTELTEIL
Ist ganz okay, weit genug weg von
den Lehrern, aber leider nicht im hinteren
Bereich. Ich lande meistens hier.

Ich schaffe es in letzter Sekunde.
Der Bus fährt gerade vor.

Alle sind **SUPERAUFGEREGT,**
als wir aufs Einsteigen warten, und ich hab gar keine Zeit,
Cordy von der fischigen Aktentasche meines Dads zu erzählen.

Miss Primula sitzt ganz vorne, und hinter ihr geht eine WÜSTE BALGEREI los, weil alle nach hinten wollen. Cordy und ich beschließen, freiwillig auf die Drängelei zu verzichten.

Klar, dass Clarissa und ihre Clique die Rückbank bereits beschlagnahmt haben.

„Es ist so was von cool hier hinten", ruft Clarissa und freut sich diebisch. „Wir können IN RUHE FUTTERN UND BLÖDSINN MACHEN!"

Pech für Clarissa: Miss Primula hat sie gehört und brüllt mit ihrer SCHRECKLICHSTEN STIMME nach hinten: „Bei diesem Ausflug wird weder gefuttert noch Blödsinn gemacht!"

Wir sind recht schnell am Ziel, wo wir von Giles Goddard persönlich erwartet werden!

Goddards Welt

„WILLKOMMEN IN GODDARDS SAFARIPARK!", ruft er. „Und glaubt mir: Bei dieser Führung werdet ihr KEINE Zwerghamster sehen, KEINE winzigen Meerschweinchen und KEINE zahnlosen Schnecken. Hier geht es echt ZUR SACHE! Wir sind in einem Safaripark mit gefährlichen und wilden Bestien!"

Mr Goddard ist ganz in seinem Element und verspricht „hautnahe" Begegnungen mit Tigern und Nilpferden ...
WIR SIND MÄCHTIG GESPANNT!

der Wilden Tiere

Wir dürfen in einen der Minibusse des Safariparks steigen, mit verstärkten Kühlergittern und einer mächtigen Stoßstange. Giles Goddard fungiert als Fahrer und Führer zugleich.

„Okay, alle hinsetzen!", sagt er knisternd über die Lautsprecheranlage. „Ihr werdet gleich ein paar ziemlich gefährliche wilde Tiere zu sehen bekommen. Doch wenn ihr sie mit Respekt behandelt, gibt's keine Probleme – das gilt für alle wilden Tiere. Also lasst die Fenster zu, und kommt nicht auf die Idee, eine Hand rauszustrecken!"

Es klingt wirklich AUFREGEND und wir sitzen alle brav da. Nur Clarissa natürlich nicht ...

GÄHN! Weiß ich alles längst.
Bin schließlich nicht
zum ersten Mal hier.

Mr Goddard hat nicht zu viel versprochen. Wir fahren durch eine Reihe von Gehegen, in denen die Tiere frei herumlaufen können – ohne Gitter zwischen ihnen und uns! Als wir an Löwen und Tigern vorbeikommen, drücken alle ihre Gesichter an die Scheiben, doch dann, als wir im Affengehege sind, schiebt Clarissa ihr Fenster auf …

„Diese pelzigen Kerle sind ganz harmlos", sagt sie grinsend, doch da schnappt ihr ein **PAVIAN** ihr belegtes Brötchen weg …

„Anhalten!", schreit sie. „Hat jemand eine Ahnung, wie teuer dieses De-luxe-Baguettebrötchen war?"

Das finden wir natürlich

URKOMISCH,

und Giles Goddard grinst – doch er denkt nicht daran, den Bus anzuhalten.

Ich frage mich, was die Paviane mit Clarissas Sandwich machen werden. Und überhaupt: Was machen die Tiere, wenn der Safaripark geschlossen ist?

Vielleicht haben die Paviane einen Kiosk, an dem sie die Sachen verkaufen, die sie den Besuchern geklaut haben.

Die **Löwen** haben unter ihrem Gehege möglicherweise ein Multiplex-Kino in einem geheimen Bunker.

Die Pinguine haben BESTIMMT eine Eisbahn hinter ihrem Gehege, wo die anderen Tiere Eintritt zahlen müssen.

Und die Giraffen leiten vermutlich eine Kinderkrippe für die anderen Tierbabys.

Doch bevor ich herausfinden kann, ob die Löwen wirklich ein Kino haben, ist die Busfahrt zu Ende.

„Alle aussteigen!", ruft Mr Goddard. „Und vergesst eure Lunchpakete nicht – falls ihr sie nicht bereits an die Affen verfüttert habt ..."

Wir steigen aus und nehmen unsere Sachen mit.

„Ich bin verletzt!", wimmert Clarissa. „Der blöde Affe hat mich angefasst!" Ihr Gewinsel klingt für uns alle gespielt (nur nicht für Miss Primula). Demonstrativ streckt Clarissa ihren Arm aus und schüttelt das Handgelenk.

Miss Primula geht mit Clarissa zum Händewaschen und danach setzen wir unsere Besichtigung des Safariparks zu Fuß fort.

Unsere Safaritour führt uns nun zu den

Wir gehen durch eine Tür in einen großen, warmen Bereich mit gedämpftem Licht. Die Wände sind voller Vivarien – Edgar würde es hier gefallen – und in der Mitte gibt es ein großes Becken mit Krokodilen!

Natürlich gibt es einen Zaun, aber wir können die Krokodile im Wasser schwimmen sehen!

„Täusche ich mich oder riecht es hier etwas komisch?", fragt Cordy da laut und schnüffelt.

„Ach, du reagierst vermutlich nur etwas empfindlich auf Krokodile", sage ich. Aber ich finde auch, dass es hier komisch riecht.

„Ich brauche jetzt eine oder einen Freiwilligen!", ruft Giles Goddard, als wir gerade herausfinden wollen, woher der Gestank kommt.

Noch bevor wir wissen, wofür er eigentlich einen Freiwilligen braucht,

MELDEN SICH **ALLE.**

„Der oder die Glückliche darf unseren neuesten ZUWACHS streicheln – ein Babykrokodil!", verkündet er voller Stolz.

Etliche Hände gehen wieder NACH UNTEN (meine nicht!).

Miss Primula darf entscheiden und die Freiwilligen sehen sie mit großen flehentlichen Augen an. Miss Primula überlegt nicht lange ...

„Als Belohnung dafür, dass Edgar es so gut bei ihr hatte,

entscheide ich mich für ... Mia!"

Ich bin schrecklich aufgeregt und nervös, als Giles mit mir in die TODESZONE geht.

Okay, das ist jetzt vielleicht etwas übertrieben, aber wir gehen wirklich zu den Krokodilen rein!

Zuerst schließt er das Tor auf, dann gehen wir hindurch. Das war noch ganz okay, doch dann schließt er das TOR HINTER UNS WIEDER ZU.

Wir gehen die Stufen zum Krokodilbecken hinunter.

„Toll, Mia, dass du so ruhig bleibst“, sagt Giles leise.

Ein schmaler Pfad führt zu einer kleinen Insel, wo das winzige Krokodil auf einem Felsen liegt. Langsam gehen wir darauf zu, und unter fachlicher Anleitung …

… streichle ich
dann **wirklich**
und wahrhaftig
EIN KROKODIL!

Doch dann wirkt Giles plötzlich etwas irritiert.

„Was stinkt hier so?“, fragt er.

Es stinkt tatsächlich so übel, dass ich mir die Nase zuhalte. Cordy, die sieht, wie ich leide, wirft mir etwas zu.

„Meine Sumpfmonstermaske!“, ruft sie. „Setz sie auf!“

Doch auch mit der Maske vor dem Gesicht wird der GESTANK immer

SCHLIMMER und **SCHLIMMER!**

Und die größeren Krokodile, die bisher friedlich herumgeschwommen sind und uns nicht beachtet haben, wirken plötzlich ganz aufgeregt!

„Ganz ruhig bleiben!", raunt Giles mir zu. „Was ist nur mit den Krokodilen los? Aber kein Grund zur Sorge. Du wartest hier, ich hole schnell einen Stock – reine Sicherheitsmaßnahme."

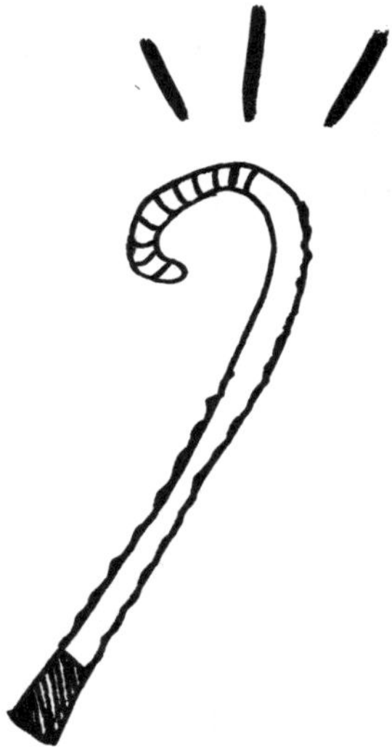

Erst jetzt wird mir klar, wo das Problem herkommt – der Gestank kommt ...

... AUS MEINER AKTENTASCHE!

Na ja, nicht MEINER, sondern der MEINES DADS – ich muss in meiner Eile heute früh die falsche erwischt haben!

Und seine ist VOLLER VERGAMMELTER FISCHSTÄBCHEN!

KATASTROPHE!

Die größeren Krokodile nähern sich meiner kleinen Insel, und Giles und sein „Sicherheitsstock" sind auf der anderen Seite des Zauns!

„Keine Panik, Mia!", brüllt er. „Ich hole ein Lasso!"

Ein Glück, dass ich nicht schnell panisch werde, denn Stöcke und Seile und Krokodile sind eine Kombination, bei denen die meisten Leute in PANIK geraten würden!

Als ich von Krokodilen umzingelt bin, frage ich mich plötzlich, was wohl aus meiner Aktentasche geworden ist. Dad muss sich beim Fischhändler ganz schön blamiert haben …

Jedenfalls bin ich von Krokodilen umzingelt, habe eine Aktentasche voller Fischstäbchen in der Hand und verstecke mich hinter einer Sumpfmonstermaske …

… UND MISS PRIMULA IST GERADE DABEI, MEINE ELTERN ANZURUFEN!

Oh ja, jetzt spricht Miss Primula mit meinem Dad – es ist definitiv ein

NOTFALL!

Ihr wisst jetzt, wie ich in diesen Schlamassel geraten bin, aber wisst ihr auch, wie ich da wieder rauskomme?

Als Giles bereits sein Lasso schwingt, um mich hier rauszuholen, überschlagen sich meine Gedanken.

Ich habe ZWEI Dinge,
um mich zu verteidigen:

ERSTENS:

eine Aktentasche voller vergammelter Fischstäbchen.

ZWEITENS:

mein Wissen.

Während ich hinter meiner Sumpfmonstermaske die Luft anhalte, öffne ich die Aktentasche und werfe sie ins Wasser.

Und genau wie ich gehofft hatte, machen sich die Krokodile gierig über den leckeren alten Fisch her (zwei von ihnen beißen sogar ein Stück aus der Aktentasche heraus – das erste Mal, dass ich ein Krokodil mit Tränen in den Augen sehe!).

Die Stinkefischstäbchen retten mich! Sie verschaffen mir ein paar wenige kostbare Sekunden, in denen ich fliehen kann – und ich tapse UNAUFFÄLLIG zum Ausgang ...

Nur noch wenige Schritte – doch da liegt plötzlich ein

SEHR GROSSES KROKODIL vor mir.

Jetzt hilft mir nur noch mein WISSEN weiter.

Ich erinnere mich an den Besuch im Pet Mega Store und was sie uns dort über Reptilien erzählt haben.

Ich hatte gehofft, es nie tun zu müssen, doch nun bücke ich mich langsam und KITZLE das Krokodil unterm Kinn …

Puh – da fällt Giles' Lasso über mich. Mithilfe einiger Zoowärter zieht er mich nach oben und aus dem Gehege heraus!

Alle **KLATSCHEN UND JUBELN,**

als ich wieder auf sicherem Grund stehe.

„Was bin ich froh!", keucht Miss Primula.

„Ich wäre in der Hälfte der Zeit da raus gewesen!", sagt Clarissa hämisch, doch als Cordy sie daran erinnert, dass sie ja kaum die Begegnung mit dem gierigen Pavian überlebt hat, hält sie die Klappe.

Nach dem Mittagessen (Giles Goddard spendiert mir ein Essen im Safaripark-Café) ist die Tour zu Ende.

„Vielen Dank für euren Besuch", sagt Giles und winkt uns zum Abschied zu. „Und falls du jemals einen Job als Reptilienwärterin brauchst, Mia ..."

Auf der Rückfahrt dürfen CORDY UND ICH uns auf die Rückbank setzen!

„Eine Krokodilbändigerin hat einen Ehrenplatz verdient", sagt Miss Primula stolz. „Aber ihr werdet nicht allein sein ..."

Zu uns kommt ein Mann, den ich sehr gut kenne ...

MEIN DAD!

„Ich bin nach Miss Primulas Anruf sofort in ein Taxi gesprungen", keucht er. „Bin ich froh, dass dir nichts passiert ist! Also, Kinder, wollen wir zusammen singen? Einen **Fröhlichen-Auto-Song?"**

Einige Tage später lasse ich den Zwischenfall im Safaripark DEFINITIV hinter mir.

Und obwohl ich Edgar mag, will ich von Reptilien in nächster Zeit erst mal nichts wissen.

Denn heute ist ein wirklich aufregender Tag – CORDY UND ICH GEHEN INS KINO …

Wir werden uns den neuesten Dusk-Light-Film ansehen. Mum will uns begleiten und im Auto verrät sie uns etwas.

„Soll ich euch etwas verraten, Mädels?", flüstert sie während der Fahrt. „Ich bin schon ewig in Bobby Gothick verliebt."

Das ist definitiv noch EKLIGER, als Edgar mit lebenden Grillen zu füttern, doch noch peinlicher ist, dass Mum es

NOCH EINMAL LAUT SAGT, als wir in der **WARTESCHLANGE** stehen.

Doch es wird NOCH schlimmer ... Was wäre das **ALLER-SCHLIMMSTE**, was man in der Schlange vor einer Kinokasse zu sehen bekommen kann?

Ein Alien, der sich nie wäscht?

Nein.

Ein Wiener Würstchen mit Appetit auf Menschenfleisch?

Nein.

Clarissa Musgrove?

Hundert Punkte!

Sie steht in ihrem Ausgeh-Outfit da und glänzt und glitzert von Kopf bis Fuß.

Weil meine Mum dabei ist, müssen Cordy und ich uns „höflich“ mit ihr unterhalten.

„Wie schön, dass du auch hier bist“, sagt Cordy und beißt die Zähne so fest zusammen, dass man sie glatt für eine Bauchrednerin halten könnte.

„Ich wusste gar nicht, dass du auch ein Fan der Dusk-Light-Saga bist“, sage ich betont höflich.

„Von Teenie-Werwölfen?“, sagt Clarissa abfällig. „Finde ich lahmer als einen dreibeinigen Hamster. Aber mein Dad kennt den Regisseur, deshalb dürfen wir in die

VIP-Loge ...“

Da erst entdecke ich auch Mr Musgrove – mit einer Popcorn-Tüte, die so

RIESIG

ist, dass er dahinter verschwindet.

Zum Glück verschwinden die beiden schnell in ihrer VIP-Loge.

„So ein ENT-
ZÜCKENDES
Mädchen", säuselt
Mum. Doch wir alle
wissen, dass
es nicht ernst
gemeint ist.

ENDLICH können wir uns den Film ansehen, und er ist – wie erwartet – DER HAMMER! Hier die Handlung in 3 Teilen:

Brad und Kim
sind im Ferienlager
an einem See ...

... als bei VOLLMOND ein SUMPF-MONSTER aus den Tiefen kommt und die Teenie-Werwölfe das Camp retten müssen ...

Nur DeShaun (gespielt von Bobby Gothick, wie immer ZUM HINKNIEN schön) kann das Monster besiegen ...

Als die Lichter wieder angehen, kommt die GROSSE Überraschung: **BOBBY GOTHICK TRITT VOR DIE LEINWAND!!!!!**

„Ich glaube, ich bin verliebt“, seufzt Cordy.

„Ich BIN verliebt“, quiekt Mum.

(Wir klatschen und johlen wie verrückt, ohne einen Gedanken an Clarissa zu verschwenden. Erst später erfahren wir, dass sie in der VIP-Loge eingeschlossen war und NICHTS von Bobby Gothicks Überraschungsbesuch MITBEKOMMEN HAT!)

„Hallo, Dusk-Light-Fans", ruft Bobby ins Publikum und wir sind von seinem Laserstrahl-Lächeln wie geblendet. Er winkt. Die Menge rastet aus.
Er winkt noch einmal. Die Menge rastet noch mehr aus. Doch das ist noch nicht alles …

„Ich habe Geschenke für euch alle dabei!", ruft er auf seine total coole Bobby-Gothick-Art. Dann hebt er ruckartig die Hand und verbiegt die Finger zu Werwolfkrallen – genau wie im Film.

ICH SCHNAPPE NACH LUFT.

Cordy beginnt zu sabbern.

MUM FÄLLT FAST IN OHNMACHT.

Dann bekommt jeder Besucher ein Werbegeschenk: eine brandneue Dusk-Light-Tasche!

Falls euch dieses Abenteuer gefallen hat, wartet ab, was mir beim nächsten Mal passiert ... Hier eine kurze Vorschau:

Also: Ich tanze vor der ganzen Schule über die Bühne, in einem Trikot mit Leopardenmuster und mit nassen Nudeln auf dem Kopf. UND MEINE **MUM** TRÄGT EIN TUTU UND SINGT DAZU.

Wie es dazu gekommen ist? Okay, ich erzähl's am besten ganz von vorne …

Mia voll verdoodelt

Die Show muss weitergehen!

Finde heraus, was als Nächstes passiert!

Auf Wiedersehen!
Tschüs!
Quiek! Tschüs!
Molchkönig
Bis bald!
Troll
Lebt wohl!